Irène Némirovsky

Chaleur
du sang

Texte établi et préfacé
par Olivier Philipponnat
et Patrick Lienhardt

Denoël

Irène Némirovsky, née à Kiev en 1903, fut contrainte à un premier exil lorsque, après la Révolution russe, les Soviets mirent à prix la tête de son père, un financier. Après une année passée en Finlande et en Suède, elle s'installe à Paris. Polyglotte, riche de ses expériences et passionnée de littérature, Irène a déjà publié deux romans et quelques nouvelles lorsque, en 1929, elle envoie à Bernard Grasset le manuscrit de *David Golder*. Et Irène devient une personnalité littéraire — injustement oubliée pendant des années — fêtée par les princes de la critique. Henri de Régnier, Tristan Bernard, Paul Morand sont ses familiers. Il ne faudra pas dix ans pour que ce rêve tourne au cauchemar : victime de l'« aryanisation » de l'édition, Irène n'a plus le droit de publier sous son nom tandis que Michel, son mari, est interdit d'exercer sa profession. Puis la guerre lui arrache de nouveau son foyer, puis la vie. Elle ne vit pas l'exode, mais elle l'observe du village du Morvan où elle trouve refuge, avant d'être déportée à Auschwitz en juillet 1942 où elle est assassinée sans avoir achevé son ultime roman, *Suite française*.

À Olivier Rubinstein,
ce dernier roman de ma mère,
aux découvreurs
Olivier Philipponnat et Patrick Lienhardt
et à tous ceux qui ont entouré
cette Chaleur du sang.

DENISE EPSTEIN

Les paradis perdus
d'Irène Némirovsky

Elle avait quinze ans et ses poèmes féeriques la soustrayaient au grand ennui blanc de Mustamäki, villégiature finlandaise transformée en radeau de la riche société de Saint-Pétersbourg, le temps d'une révolution. Ses parents avaient fui la terreur bolchevique ; elle rêvait — en vers — à la revanche de Blanchette :

Petite chèvre pâturant dans la montagne,
Galya est si heureuse de vivre.
Le loup gris avalera la petite chèvre
Mais Galya, elle, avalerait toute une armée [1]…

Le 6 décembre 1937, presque vingt ans après, Irène Némirovsky rouvre l'étroit calepin noir, témoin de ses premiers efforts littéraires. Elle y retrouve ce

---

1. Nous remercions Anastasia Lester, qui nous a fourni une traduction de ces vers russes.

quatrain et se commente avec tendresse : « Si jamais vous lisez ceci, mes filles, que vous me trouverez bête ! Que je me trouve bête moi-même à cet âge heureux ! Mais il faut respecter son passé. Je ne déchire donc rien. » Quelques mots à l'encre noire pour sceller ses retrouvailles avec l'adolescente qui n'était alors plus tout à fait russe, ni déjà française, ni consciemment juive.

Elle ne déchire donc rien et se met aussitôt en quête de sujets neufs, soigneusement numérotés de 1 à 27. Déjà en 1934, peu après la mort de son père, une prospection dans les vestiges de son enfance lui avait fourni la matière de trois romans et quelques nouvelles, tous esquissés pêle-mêle dans un manuscrit proliférant, mi-brouillon mi-journal, baptisé « le Monstre ». Quatre ans plus tard, ce fabuleux animal est exsangue. De ses flancs sont nés « Les Fumées du vin[1] », Le Vin de solitude, Jézabel et même Deux, qui sera publié en 1938. La pleine maturité de son œuvre.

Irène Némirovsky, elle aussi, est lasse : un roman chaque année depuis 1927, des dizaines de nouvelles, une demande de naturalisation en souffrance depuis 1935, un héritage réduit à rien par une mère névropathe qui la contraint, pour maintenir son statut

---

1. « Les Fumées du vin », *Le Figaro*, 12 et 19 juin 1934 ; repris in *Dimanche, et autres nouvelles*, Stock, 2000.

dans la République des lettres, de publier sans relâche dans les revues à gros tirage, sans considérer leur contenu politique : Gringoire, Marianne, l'auguste Revue des Deux Mondes, bientôt Candide. Les revenus de son mari, employé de banque, sont trois fois inférieurs aux siens. « Papa et maman doivent manger », disait Tchekhov. Elle, ce sont ses deux filles, Denise, huit ans, et la petite Élisabeth, née le 20 mars 1937.

Parfois, elle perd courage. Alors elle suspend sa besogne et se livre : « Inquiétude, tristesse, désir fou d'être rassurée. Oui, voilà ce que je cherche sans le trouver, ce que le paradis seul pourrait me donner : être rassurée. Je me rappelle Renan : "Du sein de Dieu où tu reposes." Confiante et rassurée, abritée dans le sein de Dieu. Et pourtant, j'aime la vie. » (5 juin 1937)

À trente-quatre ans, le faîte est franchi. Elle le sait et son calepin retrouvé la submerge de mélancolie. Trois des nouvelles qu'elle esquisse alors sont autant de méditations sur les âges de la vie et la fuite du temps. Dans « La Confidence », elle s'imagine devenue une vieille institutrice époussetant son cher passé sous les sarcasmes de Colette, son insolente élève ; « et ceci, et sa fatigue, et le pressentiment de cette mort proche qu'elle redoutait l'emplissaient de trouble, faisaient remonter à la surface, plus forts que

13

jamais, les vieux souvenirs[1] ». Dans « Magie », elle se remémore ceux des Russes de la colonie finnoise qui « rentrèrent dans leur pays et disparurent ensuite comme jetés au fond de l'eau[2] ». Dans « Le Départ pour la fête », enfin, elle entend traiter de « l'attente vaine du bonheur au commencement de la vie », de la chute du royaume enfantin et de cette sensation que l'on a, à quarante ans, « de perdre pied, de s'enfoncer dans l'eau profonde[3] ». Cette terreur de l'eau noire — permanente, depuis la noyade de Tatiana dans Les Mouches d'automne jusqu'à celle de l'abbé Péricand dans Suite française —, on la retrouvera dans Chaleur du sang : c'est la chute mortelle du minotier Jean Dorin dans l'étang du Moulin-Neuf.

Chaleur du sang : ce titre n'est pas encore celui du roman — ou, elle hésite, de la nouvelle — dont l'idée lui vient spontanément ce 6 décembre 1937. Mais les contours en sont déjà discernés : « Sujets nouv. et rom. Je pensais à Jeunes et Vieux. Pour roman (une pièce vaudrait mieux). Austérité, pureté des parents qui furent jeunes et coupables. Impossibilité de comprendre cette "chaleur du sang". Action possible. Inconvénient : pas de types bien tranchés. »

1. *Revue des Deux Mondes*, 15 octobre 1938 ; repris in *Destinées, et autres nouvelles*, Sables, 2004.
2. *L'Intransigeant*, 4 août 1938 (non repris en volume).
3. *Gringoire*, 11 avril 1940 ; in *Destinées, op. cit.*

L'incompréhension des générations : c'était le sujet de « La Confidence ». Pis, l'amnésie des parents, impuissants à se reconnaître dans les erreurs des enfants. Deux au moins de ses romans citent Ézéchiel : « Les parents ont mangé le raisin vert, et les dents des enfants en sont agacées. » Ce sont ici François et Hélène, incrédules au spectacle de leur propre jeunesse, « comme un vieux chien regarderait danser les souris » ; et pourtant, quelle part hypocrite ont-ils à la fatalité qui frappe leur fille ? Dans Deux, *roman qui paraît en feuilleton d'avril à juillet 1938, Antoine et Marianne regardent à leur tour leurs enfants creuser les ornières de l'amour et du hasard, croyant choisir leur voie. Si jeunesse savait...*

Au cours de l'été 1938, Irène Némirovsky relit À l'ombre des jeunes filles en fleur. *Elle y retrouve la « chose merveilleuse » de Proust, longtemps recherchée, qui lui semble le mieux exprimer le sujet qui l'occupe :*

On ne reçoit pas la sagesse, il faut la découvrir soi-même après un trajet que personne ne peut faire pour nous, ne peut nous épargner, car elle est un point de vue sur les choses. Les vies que vous admirez, les attitudes que vous trouvez nobles n'ont pas été disposées par le père de famille ou par le précepteur, elles ont été précédées de débuts bien différents, ayant été influencées par ce qui régnait autour d'elles de mal ou de banalité. Elles représentent un combat et une victoire.

Ce « trajet » aventureux de la jeunesse dans la pénombre de la vie, Irène Némirovsky le nomme « chaleur du sang ». C'est l'orgueil des gènes, cette ardeur couvant parfois des années sous la cendre avant d'anéantir une existence patiemment amoncelée. Un autre nom pour l'amour, « cette flambée de rêves » qui calcine ses propres domaines. C'est le « feu sourd et caché » qui consume ici Brigitte et Marc et qui laissa Silvio ruiné. C'est la mystérieuse avidité à vivre, le « pénible et vain travail de la jeunesse », l'énigme du désir qui sabote les résolutions vertueuses, vient à bout des résignations morbides et même de la paix des sens. Tisonné à l'instinct, même un caractère trempé finit par se tordre ; la morale rougit, blanchit puis s'incline, vaincue. « Qui n'a pas eu sa vie étrangement déformée et courbée par ce feu dans un sens contraire à sa nature profonde ? »

Un sang capricieux sillonne l'œuvre d'Irène Némirovsky. Souterrain ou résurgent, ce vin de fièvre transforme les chiens en loups, les orphelins en assassins et les fillettes en femmes. Il réchauffe le cœur dormant des vieux oncles. Il divise les foyers, détourne le cours paisible de l'hérédité, grossit les affluents qui égarent les romans-fleuves loin de leur source. « Après, vous pouvez dénombrer ses ravages. » Toute la vie se forge à coups de sang. Il y a long-temps qu'elle le sait :

1931 : « Moi aussi, j'ai été jeune, Lulitchka. Il y a longtemps de cela, mais je me rappelle encore le jeune sang brûlant dans les veines. Crois-tu que cela s'oublie[1] ? »

1934 : « Il est merveilleux d'avoir vingt ans. Est-ce que toutes les jeunes filles savent le voir comme moi, goûter cette félicité, cette ardeur, cette vigueur, cette chaleur du sang[2] ? »

1935 : « Je ne puis pas changer mon corps, éteindre ce feu qui brûle dans mon sang[3]. »

1936 : « Béni soit le mal, bénie soit la fièvre qui dénoue doucement les liens du corps et donne une sagesse plus grande, une lucidité plus subtile, une chaleur qui ranime le sang[4]. »

L'empoignade aveugle du mort et du vif, du désir et de la fatalité, des jeunes et des vieux : il manque

1. *Les Mouches d'automne*, Kra, 1931 ; « Les Cahiers rouges », Grasset, 1988.

2. « Dimanche », *Revue de Paris*, 1er juin 1934 ; in *Dimanche, op. cit.*

3. *Le Vin de solitude*, Albin Michel, 1935 ; 2004.

4. « Liens du sang », *Revue des Deux Mondes*, 15 mars et 1er avril 1936 ; in *Dimanche, op. cit.*

un cadre à ce sujet universel. C'est un gros bourg morvandiau qui le lui fournit, où elle est descendue trouver une nourrice à Élisabeth. La première mention du village, dans son journal de travail, est datée du 25 avril 1938 : « Retour d'Issy-l'Évêque. 4 jours pleins heureux. Que faut-il demander de plus ? Merci à Dieu pour cela et espoir. » Elle y retournera trouver une certaine paix, loin des tracas parisiens.

Ne nous y trompons pas, c'est bien Irène Némirovsky, au milieu de ce livre, qui entre à l'Hôtel des Voyageurs : « Je pousse la porte qui met en branle une petite sonnerie grelottante et me voilà dans la salle du café où brûle un gros poêle à l'œil rouge, sombre et enfumée, ses glaces reflètent les tables de marbre, le billard, le canapé au cuir crevé par places, le calendrier qui date de 1919 et où on voit une Alsacienne aux bas blancs entre deux militaires. [...] En face de moi une glace où s'encadre ma figure ridée, ma figure si mystérieusement changée ces dernières années qu'à peine si je puis la reconnaître. » Ce portrait est un présage, mais comment le saurait-elle ? Dans cet hôtel, elle passera les premiers temps de l'Occupation et mettra en chantier Suite française, ultime roman où le sang atteint une chaleur de fournaise. Hommes, femmes et enfants, portés à leur point de fusion, y trichent, y trahissent et y tuent.

Du succès fulgurant de **David Golder**, *en 1930, jusqu'à son arrestation en 1942, jamais son propre sort ne semble avoir étonné Irène Némirovsky, à qui rien d'humain ni surtout d'inhumain n'était plus étranger depuis la Révolution. « Certes, soulignait Henri de Régnier, la matière humaine que manie Mme Némirovsky est plutôt répugnante, mais elle l'a observée avec une curiosité passionnée, et cette curiosité, elle arrive à nous la communiquer, à nous la faire partager. L'intérêt est plus fort que le dégoût[1]. » Curiosité qui l'a parfois tenue trop près du destin, lorsqu'il fallait se garder de sa morsure. Mais comme dit Silvio, « c'était cela que nous voulions. Brûler, nous consumer, dévorer nos jours comme le feu dévore les forêts ».*

Conçu comme une énigme à tiroirs, **Chaleur du sang** *dépeint, sur le ton familier du naturaliste, un univers prédateur d'une extraordinaire sournoiserie. Les voilà donc, les « types bien tranchés » qui lui faisaient défaut, des taiseux comme seule la campagne française sait en produire ! « Chacun vit chez soi, sur son domaine, se méfie du voisin, rentre son blé, compte ses sous et ne s'occupe pas du reste. » Alors que Brigitte est montrée du doigt, une patiente hostilité s'installe dans le village. Le silence tient la*

---

1. H. de Régnier, « *David Golder,* par Irène Némirovsky », *Le Figaro,* 28 décembre 1929.

terreur en équilibre. « Cette province a vraiment quelque chose de retiré et de sauvage, d'opulent et de méfiant qui rappelle les époques anciennes. » Tout est en place pour le drame de Suite française. Comment ne pas relever, dans les pages qui vont suivre, la « malveillance merveilleusement agissante » des villageois ? Ce sera le sujet de Dolce, deuxième volet de Suite française, qui restitue la vie d'un village français sous l'Occupation, qui n'est autre qu'Issy-l'Évêque.

Et pendant cette guerre secrète, la vie des sens continue. Comme l'œil se fait à l'obscurité, le lecteur distingue à mesure les bêtes tapies dans l'ombre du récit, qui bondiront à la fin, déchirant au passage le joli décor champêtre ; récit d'abord naïf, puis tortueux, qui va s'approfondissant et finit par révéler une longue pratique des mentalités familiales, si ce n'est tribales. Mais, tandis qu'Irène Némirovsky jonchait ses romans de maximes, ici la morale surgit au détour d'une conversation : « Ah, mon ami, devant tel ou tel événement de votre vie pensez-vous quelquefois à l'instant dont il est sorti, au germe qui lui a donné naissance ? Je ne sais comment dire... Imaginez un champ au moment des semailles, tout ce qui tient dans un grain de blé, les futures récoltes... Eh bien, dans la vie, c'est exactement pareil. » Elle traduit là, en terre bourguignonne, le proverbe ukrainien qu'elle aimait citer : « Il suffit à un homme d'un seul grain de chance dans sa vie ; mais, sans ce grain, il n'est rien. » Car c'est sa propre énigme qu'interroge en somme Chaleur du sang : serait-elle devenue la romancière de David Golder sans la conformation si singulière de son milieu d'origine ? Sans le magnifique orgueil qui la dévorait, n'aurait-elle pas pris modèle sur sa mère, pétrifiée dans une jeunesse fallacieuse à force de crèmes, de suffisance et d'avarice ? Aurait-elle ainsi deviné le monde paysan, illustré de si près ses travaux et ses jours, sans cette « curiosité passionnée » que lui avait d'emblée reconnue Henri de Régnier ?

Irène Némirovsky n'a pas changé le nom de l'hôtel, pas plus que celui du Moulin-Neuf, près de l'étang, à un kilomètre d'Issy par le chemin de la ferme Montjeu. S'y serait-elle résolue si Chaleur du sang avait été publié de son vivant ? Médité depuis fin 1937, le manuscrit est probablement rédigé durant l'été 1941, à Issy-l'Évêque. Depuis les derniers jours de mai 1940, la romancière s'est installée à l'Hôtel des Voyageurs avec Denise et Élisabeth. L'ennui aidant, elle peut observer à loisir ses personnages, dont les noms ne seront pas tous déguisés. À deux reprises, dans son calepin, elle met encore en parallèle Chaleur du sang et Captivité, qui eût été le troisième volet de Suite française et dont existent des ébauches. Il est donc probable qu'elle travailla *jusqu'en 1942 à cette parabole sur le primat des sens et la fausse sagesse.*

Longtemps n'ont subsisté que les pages liminaires de ce récit. Une fois achevé, comme à son habitude, Irène Némirovsky l'avait donné à taper à son mari, Michel Epstein. Mais la dactylographie s'interrompt au milieu d'une phrase[1]. Et du manuscrit proprement dit semblaient n'avoir survécu que deux feuillets. Michel avait-il abandonné la tâche après l'arrestation de sa femme par la police, le 13 juillet 1942 ? Au même titre que Suite française, *ces pages font en effet partie du legs posthume de l'écrivain, veillé pendant plus de soixante ans par sa fille Denise Epstein.* Chaleur du sang *serait donc resté lacunaire si, au printemps 1942, Irène Némirovsky n'avait eu la présence d'esprit de mettre à l'abri une masse de brouillons et de manuscrits, oubliés jusqu'à leur versement au centre d'archives de l'IMEC (Institut Mémoires de l'édition contemporaine), en 2005. Cet ensemble contenait son journal de travail depuis 1933, les versions successives de plusieurs de ses romans — dont* David Golder *—, mais aussi la partie manquante du présent roman : trente pages écrites à main levée, aux lignes serrées, peu raturées, conformes au tapuscrit, et qui ont permis de compléter cette tragédie rurale.*

1. Nous en indiquons l'emplacement, p. 71.

À Issy-l'Évêque, Irène Némirovsky avait découvert une Arcadie française qui donne à Chaleur du sang *cette incomparable saveur de terre et d'eau, qu'elle aura respirée jusqu'aux derniers instants dans les bois et les prés où elle s'allongeait pour écrire — « une odeur vive et âpre qui soulève de bonheur ma poitrine ». Pour autant, et c'est tout le sens de ce livre, elle n'oubliait pas que même en Arcadie la récolte n'est jamais certaine. Car « si on connaissait d'avance la récolte, qui sèmerait son champ ? ».*

OLIVIER PHILIPPONNAT
PATRICK LIENHARDT

Nous buvions du punch léger, à la mode de ma jeunesse. Nous étions assis devant le feu, mes cousins Érard, les enfants et moi. C'était un soir d'automne, tout rouge au-dessus des champs labourés trempés de pluie ; le couchant de flammes promettait un grand vent pour le lendemain ; les corbeaux criaient. Dans cette grande maison glacée l'air souffle de partout avec le goût âpre et fruité qu'il a en cette saison. Ma cousine Hélène et sa fille, Colette, grelottaient sous les châles que je leur avais prêtés, des cachemires de ma mère. Comme toutes les fois où elles viennent me voir, elles me demandaient comment je fais pour vivre dans ce trou à rats et Colette, qui est à la veille de se marier, me vantait les charmes de Moulin-Neuf où elle va habiter désormais, « où j'espère vous voir souvent, cousin Silvio », disait-elle. Elle me regardait

avec pitié. Je suis vieux, pauvre, je suis garçon ; je me terre dans une masure de paysan
au fond des bois. On sait que j'ai voyagé, que
j'ai mangé mon héritage ; fils prodigue,
lorsque je suis revenu dans mon pays natal, le
veau gras lui-même était mort de vieillesse,
après m'avoir longtemps espéré en vain. Mes
cousins Érard, comparant en pensée leur sort
au mien, me pardonnaient sans doute tout
l'argent que je leur avais emprunté sans le
rendre et ils répétaient avec Colette :

— Vous vivez en sauvage ici, pauvre ami. Il
faudra venir chez la petite quand elle sera installée et passer chez elle la belle saison.

J'ai pourtant de bons moments, quoiqu'ils
ne s'en doutent pas. Aujourd'hui, je suis seul ;
la première neige est tombée. Ce pays, au
centre de la France, est à la fois sauvage et
riche. Chacun vit chez soi, sur son domaine,
se méfie du voisin, rentre son blé, compte ses
sous et ne s'occupe pas du reste. Pas de châteaux, pas de visites. Ici règne une bourgeoisie
toute proche encore du peuple, à peine sortie
de lui, au sang riche et qui aime tous les biens
de la terre. Ma famille couvre la province d'un
réseau étendu d'Érard, de Chapelin, de Be-
noît, de Montrifaut ; ils sont gros fermiers,
notaires, fonctionnaires, propriétaires terriens ;

26

leurs maisons sont cossues, isolées, bâties loin du bourg, défendues par de grandes portes revêches, à triple verrou, comme des portes de prison, précédées par des jardins plats, presque sans fleurs : rien que des légumes et des arbres fruitiers taillés en espalier pour produire davantage. Les salons sont bourrés de meubles et toujours clos ; on vit dans la cuisine pour épargner les feux. Je ne parle pas de François et Hélène Érard, bien entendu ; je ne connais pas de demeure plus agréable ni plus accueillante, de foyer plus intime, plus riant et plus chaud. Malgré tout, pour moi rien ne vaut un soir comme celui-ci : la solitude est complète ; ma servante qui couche au bourg vient de rentrer les poules et s'en va chez elle. J'entends le bruit de ses sabots sur le chemin. Pour moi, ma pipe, mon chien entre les jambes, le bruit des souris dans le grenier, le feu qui siffle, pas de journaux, pas de livres, une bouteille de juliénas qui chauffe doucement près des chenets.

— Pourquoi vous appelle-t-on Silvio, mon cousin ? demande Colette.

Je réponds :

— Une belle dame qui a été amoureuse de moi et qui trouvait que je ressemblais à un gondolier, car j'avais en ce temps-là, il y a trente ans, les moustaches en crocs et les cheveux noirs, a transformé ainsi mon prénom de Sylvestre.

— Mais non, c'est à un faune que vous ressemblez, dit Colette, avec votre grand front, votre nez retroussé, vos oreilles pointues, vos yeux qui rient. Sylvestre, l'homme des bois. Cela vous va très bien.

Colette est, de tous les enfants d'Hélène, ma préférée. Elle n'est pas belle, mais a ce que je prisais par-dessus tout chez les femmes dans mon jeune temps : du feu. Elle aussi, ses yeux rient, et sa grande bouche ; ses cheveux noirs sont légers et s'échappaient en petites boucles sous le châle dont elle s'était couvert la tête, car elle prétendait sentir sur sa nuque un vent coulis. On dit qu'elle ressemble à Hélène, jeune. Mais je ne me rappelle pas. Depuis la naissance de son troisième fils, le petit Loulou, qui a maintenant neuf ans, Hélène a engraissé, et la femme de quarante-huit ans, à la peau douce et fanée, masque dans ma mémoire l'Hélène de vingt ans que j'ai connue. Elle a maintenant un air de placidité heureuse qui repose. Cette soirée chez moi était une visite de présentation officielle : on me faisait connaître le fiancé de Colette. C'est un Jean Dorin, des Dorin du Moulin-Neuf,

28

minotiers de père en fils. Une belle rivière, verte et écumeuse, coule au pied de ce moulin. J'allais y pêcher la truite quand le père Dorin était vivant.

— Tu nous donneras de bons plats de poisson, Colette, dis-je.

François refuse mon punch : il ne boit que de l'eau. Il a une barbiche grise pointue et fine qu'il caresse doucement de la main. Je remarquai :

— Vous n'aurez pas à regretter le monde lorsque vous l'aurez quitté, ou plutôt lorsqu'il vous aura quitté, comme il l'a fait pour moi…

Car j'ai parfois la sensation d'avoir été rejeté par la vie comme par une mer trop haute. J'ai échoué sur un triste rivage, vieille barque solide encore pourtant, mais aux couleurs déteintes par l'eau et rongées par le sel.

— Vous n'aurez rien à regretter, vous qui n'aimez ni le vin, ni la chasse, ni les femmes.

— Je regretterai ma femme, dit-il en souriant.

C'est alors que Colette s'est assise près de sa mère et lui a demandé :

— Maman, raconte-moi tes fiançailles avec papa. Ton mariage, tu n'en as jamais parlé. Pourquoi ? Je sais que c'était une histoire romanesque, que vous vous aimiez depuis

29

longtemps… Tu ne me l'as jamais raconté. Pourquoi ?

— Parce que tu ne me l'as jamais demandé.

— Mais je te le demande maintenant.

Hélène se défendait en riant :

— Ça ne te regarde pas, disait-elle.

— Tu ne veux pas le dire parce que ça te gêne ; ce n'est pas à cause de cousin Silvio pourtant : il doit tout savoir. Est-ce à cause de Jean ? Mais demain ce sera ton fils, maman, et il faut qu'il te connaisse comme je te connais. Je voudrais tant que nous vivions avec lui comme tu vis avec papa ! Je suis sûre que vous ne vous êtes jamais disputés.

— Ça ne me gêne pas à cause de Jean, dit Hélène, mais de ces grands dadais, et elle montra ses fils avec un sourire.

Ils étaient assis sur le carreau et jetaient des pommes de pin dans le feu ; ils en avaient des provisions dans leurs poches ; elles éclataient parmi les flammes avec un bruit vif et clair. Georges et Henri, qui ont quinze et treize ans, répondirent :

— Si c'est à cause de nous, va toujours, ne te gêne pas. Ça ne nous intéresse pas, vos histoires d'amour, dit avec mépris Georges de sa voix qui muait.

Quant au petit Loulou, il s'était endormi.

Mais Hélène secouait la tête et ne voulait pas parler. Le fiancé de Colette intervint timidement :

— Vous formez un ménage modèle. J'espère aussi… un jour pourtant… nous…

Il bafouillait. Il a l'air d'un bon garçon ; il a une figure maigre, douce, de beaux yeux inquiets de lièvre. Il est curieux qu'Hélène et Colette, la mère et la fille, aient recherché pour le mariage la même nature d'homme, sensible, délicate, presque féminine, facilement dominée et, en même temps, réservée, sauvage, presque pudique. Bon Dieu ! Je n'étais pas ainsi, moi ! Je les regardais tous les sept. J'étais un peu à l'écart. Nous avions pris notre repas dans la salle, qui est la seule pièce habitable de mon logement, avec la cuisine ; je couchais dans une espèce de mansarde au grenier. Cette salle est toujours un peu sombre et par ce soir de novembre elle était si obscure que lorsque le feu retombait on ne voyait rien que ces grands chaudrons, ces antiques bassinoires pendus au mur et dont le cuivre capte les moindres lueurs. Quand les flammes se ranimaient, elles éclairaient des visages placides, des sourires bienveillants, la main d'Hélène avec son anneau d'or qui caressait les boucles du petit Loulou. Hélène portait une robe de foulard bleu à pois blancs. Le cachemire à ramages de ma mère couvrait ses épaules. À côté d'elle François était assis, et tous deux contemplaient les enfants à leurs pieds. J'ai voulu rallumer ma pipe et j'ai élevé en l'air un bout de bois enflammé qui a projeté sa lumière sur ma figure. Il faut croire que je n'étais pas seul à observer ce qui m'entourait et que Colette, elle non plus, n'a pas les yeux dans sa poche, car elle s'est écriée tout à coup :

— Que vous avez donc l'air sardonique, cousin Silvio, je l'ai souvent remarqué.

Puis, se tournant vers son père :

— J'attends toujours le récit de vos amours, papa.

— Je vais vous raconter, dit François, ma première entrevue avec votre maman. Votre grand-père habitait alors au bourg. Comme vous le savez, il avait été marié deux fois. Votre maman était un enfant du premier mariage et sa belle-mère, de son côté, avait une fille, d'un premier mari également. Ce que vous ignorez, c'est qu'on me destinait cette jeune fille (la demi-sœur de votre mère par conséquent) comme épouse.

— C'est drôle, dit Colette.

— Oui, voyez ce que c'est que le hasard.

J'entre pour la première fois dans cette maison, à la remorque de mes parents. J'allais au mariage comme un chien qu'on fouette. Mais ma mère tenait beaucoup à m'établir, la pauvre femme, et à force de supplications elle avait obtenu cette entrevue qui ne m'engageait à rien, avait-elle bien précisé. Nous entrons. Imaginez le plus sévère, le plus froid des salons de province. Il y avait sur la cheminée deux torchères de bronze qui figuraient les flambeaux de l'Amour et que je revois encore avec horreur.

— Et moi donc ! dit en riant Hélène. Ces flammes glacées et immobiles dans ce salon que l'on ne chauffait jamais avaient une valeur symbolique.

— La seconde femme de votre grand-père était, je ne vous le cacherai pas, douée d'un caractère…

— Tais-toi, dit Hélène, elle est morte.

— Heureusement… Mais votre mère a raison : paix aux morts. C'était une dame très forte et rousse, avec un gros chignon rouge et la peau très blanche. Sa fille ressemblait à un navet. Tout le temps que dura ma visite, cette malheureuse ne cessa de croiser et de décroiser sur ses genoux ses mains gonflées d'engelures et ne dit pas un mot. C'était l'hiver.

On nous offrit six petits-beurre dans un compotier et des chocolats gris de vieillesse. Ma mère, qui était frileuse, éternuait sans arrêt. J'écourtai le plus possible la visite. Or, comme nous sortions enfin de la maison, la neige s'étant mise à tomber, je vis les enfants qui rentraient de l'école voisine et, parmi eux, courant et glissant dans la neige, chaussée de grosses galoches de bois, vêtue d'une pèlerine rouge, ses cheveux noirs tout défaits, ses joues vermeilles, de la neige sur le bout de son nez et sur ses cils, une petite fille qui avait alors treize ans. C'était votre maman : elle était poursuivie par des gamins qui lui jetaient des boules de neige dans le cou. Elle était à deux pas de moi ; elle se retourna ; elle empoigna de la neige à deux mains et la jeta droit devant elle, en riant, puis, comme son sabot était plein de neige, elle l'ôta et demeura debout sur le pas de la porte en sautant à cloche-pied, ses cheveux noirs dans sa figure. Après avoir quitté ce salon glacial, ces gens compassés, vous ne pouvez imaginer combien cette enfant semblait vivante et séduisante. Ma mère me dit qui elle était. Ce fut à cet instant que je résolus de l'épouser. Riez, mes petits. Ce fut moins un désir ou un souhait en moi qu'une sorte de vision. Je la vis en esprit plus tard, dans quelques années, sor-

34

tant de l'église à mes côtés, ma femme. Elle n'était pas heureuse. Son père était vieux et malade ; sa belle-mère ne s'occupait pas d'elle. Je m'arrangeai pour qu'elle fût invitée chez mes parents. Je l'aidai à faire ses devoirs ; je lui prêtai des livres ; j'organisai des pique-niques, de petites sauteries pour elle, pour elle seule. Elle ne s'en doutait pas…

— Oh, mais si, fit Hélène, et sous ses cheveux gris les yeux eurent un éclair malicieux et la bouche, un sourire très jeune.

— Je partis pour finir mes études à Paris ; on ne demande pas en mariage une fillette de treize ans. Je m'en allai donc en me disant que je reviendrais cinq ans après et que j'obtiendrais sa main, mais elle s'est mariée à dix-sept ans ; elle a épousé un bien brave homme, beaucoup plus âgé qu'elle. Elle aurait épousé n'importe qui pour fuir sa belle-mère.

— Les derniers temps, dit Hélène, elle était si avare que nous n'avions qu'une paire de gants, ma demi-sœur et moi. En principe, nous devions les mettre chacune à son tour pour aller en visite. En fait, ma belle-mère s'arrangeait pour me punir chaque fois que nous devions sortir et c'était sa fille à elle qui mettait ces gants, de beaux gants de chevreau glacé. Ils me faisaient tellement envie que la perspective d'en avoir de pareils à moi, à moi seule, quand je serais mariée, me décida à dire oui au premier homme qui me demanda et qui ne m'aimait pas. On est bête quand on est jeune…

— J'eus beaucoup de chagrin, dit François, et, à mon retour, quand je vis la jeune femme délicieuse, un peu triste que ma petite amie était devenue, je fus très épris… Elle, de son côté…

Il se tut.

— Oh, comme ils rougissent, s'écria Colette en battant des mains, en désignant alternativement son père et sa mère. Allons, dites tout ! C'est de là que date le roman, n'est-ce pas ? Vous vous êtes parlé, vous vous êtes compris. Il est reparti, la mort dans l'âme, parce que tu n'étais pas libre. Il a attendu bien fidèlement, et quand tu as été veuve, il est revenu et il t'a épousée. Vous avez vécu heureux, et vous avez eu beaucoup d'enfants.

— Oui, c'est bien cela, dit Hélène, mais, mon Dieu, auparavant, que de soucis, que de larmes ! Que tout paraissait difficile à arranger, irréconciliable ! Que tout cela est loin… Quand mon premier mari est mort, votre père était en voyage. Je croyais qu'il m'avait oubliée, qu'il ne reviendrait pas. Quand on est jeune, on a tant d'impatience. Chaque jour qui passe et qui est perdu pour l'amour vous déchire. Enfin, il est revenu.

Il faisait tout à fait nuit au dehors. Je me suis levé et j'ai fermé les grands volets de bois plein qui rendent un son si lugubre et gémissant dans le silence. Ce bruit les a fait tressaillir et Hélène a dit qu'il était temps de rentrer. Jean Dorin s'est levé bien docilement pour aller chercher dans ma chambre les manteaux de ces dames. J'entendis Colette demander :

— Maman, et ta demi-sœur, qu'est-elle devenue ?

— Elle est morte, mon chéri. Tu te rappelles, il y a sept ans, nous sommes allés, ton père et moi, à un enterrement à Coudray, dans la Nièvre. C'était cette pauvre Cécile.

— Elle était aussi méchante que sa mère ?

— Elle ? Oh, non, pauvre créature ! Il n'y avait pas de femme plus douce et plus complaisante. Elle m'aimait tendrement et je le lui rendais. Elle a été comme une vraie sœur pour moi.

— C'est drôle qu'elle ne venait jamais nous voir…

Hélène ne répondit pas. Colette lui posa encore une question ; la mère ne répondit pas davantage. Enfin, comme Colette insistait, la mère :

— Oh, tout cela est si vieux, dit-elle, et sa voix fut tout à coup bizarre, altérée, lointaine, comme si elle parlait en songe.

Alors le fiancé revint avec les manteaux et nous partîmes. J'accompagnai mes cousins jusqu'à chez eux. Ils habitent à quatre kilomètres d'ici une charmante maison. Nous avancions dans un chemin étroit et plein de boue, les garçons devant, avec leur père, puis les fiancés, puis Hélène et moi.

Hélène me parlait des jeunes gens :

— Il a l'air d'un bon garçon, ce Jean Dorin, n'est-ce pas ? Ils se connaissent depuis longtemps. Ils ont pour eux toutes les chances de bonheur. Ils vivront, comme nous avons vécu avec François, une existence tranquille, unie, digne… tranquille surtout… sans secousses, sans orages… Est-ce donc si difficile d'être heureux ? Il me semble que le Moulin-Neuf a en lui quelque chose d'apaisant. J'avais toujours rêvé d'une maison bâtie près de la rivière, de me réveiller la nuit, bien au chaud dans mon lit, et d'entendre couler l'eau. Bientôt, un enfant, continua-t-elle, rêvant tout haut. Mon Dieu, si on savait, à vingt ans, comme la vie est simple…

38

Je pris congé d'eux devant la grille du jardin ; elle s'ouvrit avec un grincement aigu et se referma sur cette note grave, basse, comme un coup de gong qui procure à l'oreille un singulier plaisir, du même ordre qu'un vieux bourgogne en donne au palais. La maison est recouverte d'une vigne vierge verte et épaisse, parcourue au moindre vent de frissons moirés, mais en cette saison il ne restait que quelques feuilles sèches et un lacis de fils de fer éclairés par la lune. Quand les Érard furent rentrés, je demeurai un instant sur la route avec Jean Dorin, et je vis s'allumer les unes après les autres les fenêtres du salon et des chambres ; elles brillaient de toutes leurs paisibles lumières dans la nuit.

— Nous comptons bien sur vous pour la cérémonie ? me demanda anxieusement le fiancé.

— Comment donc ! Il y a bien dix ans que je n'ai été à un repas de noces, dis-je, et je revoyais tous ceux auxquels il m'avait été donné d'assister, ces longues ripailles de province, les figures rouges des buveurs, les garçons loués à la ville voisine avec des chaises et le parquet du bal, la bombe glacée au dessert, le marié qui souffre dans ses souliers trop étroits et, surtout, surgis de tous les coins et recoins de la campagne environnante, la famille, les amis, les parents, les voisins, perdus de vue parfois depuis des années et qui reviennent tout à coup comme des bouchons sur l'eau, chacun éveillant dans la mémoire le souvenir de brouilles dont l'origine se perd dans la nuit des temps, d'amours et de haines mortes, de fiançailles rompues et oubliées, d'histoires d'héritages et de procès…

Le vieil oncle Chapelain qui a épousé sa cuisinière, les deux demoiselles Montrifaut, deux sœurs qui ne se parlent plus depuis quatorze ans, quoiqu'elles habitent la même rue, parce que l'une d'elles, un jour, n'a pas voulu prêter à l'autre sa bassine à confitures, et le notaire dont la femme est à Paris avec un commis-voyageur, et… Mon Dieu, quelle réunion de fantômes, un mariage de province ! Dans les grandes villes on se voit tout le temps, ou on ne se voit jamais, c'est plus simple. Ici… Des bouchons sur l'eau, je vous dis. Hop ! les voilà qui apparaissent et, dans le remous qu'ils font, que de vieux souvenirs ! Puis ils plongent, et, pour dix ans, les voilà oubliés.

Je sifflai mon chien qui nous avait suivis et brusquement je quittai le fiancé. Je rentrai. Il fait bon chez moi. Le feu baisse. Quand il ne joue plus, ne danse plus, ne lance plus de tous côtés des flammes rayonnantes, ses milliers d'étincelles qui se perdent sans lumière, ni chaleur, ni profit pour personne, quand il se contente de faire bouillir doucement la marmite, c'est alors qu'il fait bon.

Colette s'est mariée le 30 novembre à midi.
Un grand repas suivi d'un bal réunissait la
famille. Je suis rentré au matin, par la forêt de
la Maie dont les chemins en cette saison sont
couverts d'un si épais tapis de feuilles et d'une
si profonde couche de boue qu'on avance
avec peine, comme dans un marécage. J'étais
resté très tard chez mes cousins. J'attendais : il
y avait quelqu'un que je voulais voir danser…
Moulin-Neuf est voisin de Coudray où habitait
autrefois Cécile, la demi-sœur d'Hélène ; elle
est morte, mais elle a laissé Coudray à son
héritière, sa pupille, une enfant qu'elle avait
recueillie et qui est mariée maintenant ; elle
s'appelle Brigitte Declos. Je me doutais bien
que Coudray et le Moulin-Neuf devaient vivre
en termes de bon voisinage, et que je verrais
apparaître cette jeune femme. En effet, elle
ne manqua pas de venir.

Elle est grande et très belle, avec un air de hardiesse, de force et de santé. Elle a des yeux verts et des cheveux noirs. Elle a vingt-quatre ans. Elle portait une courte robe noire. Seule de toutes les femmes qui étaient là, elle ne s'était pas endimanchée pour aller à cette noce. J'eus même l'impression qu'elle s'était habillée si simplement exprès, pour marquer le dédain qu'elle éprouve envers la méfiante province : on la tient à l'écart. Tout le monde sait qu'elle n'est qu'une fille adoptée, rien de mieux au fond que ces gamines de l'Assistance employées dans nos fermes. De plus, elle a épousé un homme qui est presque un paysan, vieux, avare et rusé ; il possède les plus beaux domaines de la région, mais il ne parle que patois et mène lui-même ses vaches aux champs. Elle doit s'entendre à faire valser ses sous : la robe était de Paris, et elle a plusieurs bagues ornées de gros diamants. Je connais bien le mari : c'est lui qui a racheté petit à petit tout mon maigre héritage. Les dimanches, je le rencontre parfois dans les chemins. Il a mis des souliers, une casquette ; il s'est rasé et il vient contempler les prés que je lui ai cédés, où paissent maintenant ses bêtes. Il s'accoude à la barrière ; il plante en terre le gros bâton noueux dont il ne se sépare jamais ; il appuie son menton sur ses deux grandes et fortes mains, et, droit devant lui, il regarde. Moi, je passe. Je me promène avec mon chien, ou je chasse ; je rentre à la nuit tombante, et il est toujours là ; il n'a pas plus bougé qu'une borne ; il a contemplé son bien ; il est heureux. Sa jeune femme ne vient jamais de mon côté, et j'avais envie de la voir. Je m'étais informé d'elle auprès de Jean Dorin :

— Vous la connaissez donc ? demanda-t-il. Nous sommes voisins et le mari est un de mes clients. Je les inviterai à mon mariage et il nous faudra les recevoir, mais je ne voudrais pas qu'elle se lie avec Colette. Je n'aime pas ses façons libres avec les hommes.

Quand cette jeune femme entra, Hélène était debout, non loin de moi. Elle était émue et lasse. On avait fini de manger. On avait servi un déjeuner de cent couverts sur un parquet de bal apporté de Moulins et dressé dehors sous une tente. La température était douce, le temps serein et humide. Parfois un pan de toile se soulevait et on voyait le grand jardin des Érard, les arbres nus, le bassin plein de feuilles mortes. À cinq heures, les tables enlevées, on dansa. Des invités arrivaient encore ; ceux-là étaient les plus jeunes, qui n'aimaient ni manger ni boire avec excès, mais désiraient prendre part au bal ; les divertissements sont rares chez nous ; Brigitte Declos était parmi eux, mais elle ne semblait connaître intimement personne ; elle vint seule. Hélène lui serra la main comme aux autres ; un instant seulement ses lèvres se contractèrent et elle fit cette moue souriante et courageuse des femmes qui leur sert à masquer les plus secrètes pensées.

Puis les vieux cédèrent à la jeunesse la salle de bal improvisée et se retirèrent à l'intérieur de la maison. On fit cercle autour des grands feux ; on étouffait dans ces chambres closes ; on buvait de la grenadine et du punch. Les hommes parlaient de la récolte, des fermes données en métayage, du prix des bêtes. Il y a dans une assemblée de gens mûrs quelque chose d'imperturbable ; on devine des organismes qui ont digéré tous les plats lourds, amers, épicés de la vie, qui ont éliminé tous les poisons, qui sont pour dix ou quinze ans dans un état d'équilibre parfait, de santé morale enviable. Ils sont satisfaits d'eux-mêmes. Ce pénible et vain travail de la jeunesse, par lequel elle essaye d'adapter le monde à ses désirs, a déjà été accompli par eux. Ils ont échoué et, maintenant, ils se reposent. Dans quelques années, de nouveau, ils seront agités par une sourde inquiétude qui, cette fois-ci, sera celle de la mort ; elle pervertira étrangement leur goût, les rendra indifférents, ou bizarres, ou quinteux, incompréhensibles à leur famille, étrangers à leurs enfants. Mais, de quarante à soixante ans, ils jouissent d'une paix précaire.

J'éprouvais cela avec beaucoup de force après ce bon repas et ces excellents vins, en me souvenant des jours d'autrefois et de mon cruel ennemi qui m'avait fait fuir cette province. J'ai essayé d'être fonctionnaire au Congo, marchand à Tahiti, trappeur au Canada. Rien ne me satisfaisait. Je croyais rechercher la fortune ; en réalité, j'étais poussé par la chaleur de mon jeune sang. Mais comme ses ardeurs sont éteintes maintenant, je ne me comprends plus. Je pense que j'ai fait beaucoup de chemin inutile pour revenir à mon point de départ. La seule chose dont je sois satisfait, c'est de ne m'être jamais marié, mais je n'aurais pas dû courir la terre. J'aurais dû rester ici et cultiver mon bien ; je serais plus riche qu'aujourd'hui. Je serais l'oncle à héritage. Je me sentirais à ma place dans la société, tandis que je flotte parmi tous ces êtres épais et tranquilles comme le vent parmi les arbres.

J'allai regarder danser les jeunes. On voyait dans la nuit cette tente énorme, transparente, d'où sortaient les sons cuivrés de l'orchestre. On avait installé à l'intérieur un éclairage de fortune : des rangées de petites ampoules électriques dont la vive clarté projetait sur la toile les ombres des danseurs. Cela tenait des bals du 14 Juillet et des fêtes foraines, mais tel est l'usage chez nous... Le vent sifflait dans les arbres d'automne et la tente, par moments, semblait osciller, un peu comme un navire. Ainsi, vu du dehors, de la nuit, ce spectacle avait un caractère d'étrangeté et de tristesse. Je ne sais pourquoi. Peut-être par le contraste entre cette nature immobile et l'agitation de la jeunesse. Pauvres petits ! Ils s'en donnaient à cœur joie. Les jeunes filles surtout : elles sont élevées si sévèrement et chastement chez nous. Jusqu'à dix-huit ans, la pension à Moulins ou à Nevers, puis on apprend le ménage et la conduite d'une maison, sous la surveillance maternelle jusqu'au mariage. Ainsi, le corps et l'âme sont pleins de force, de santé et de désirs.

J'entrai sous la tente ; je les regardais ; j'entendais leurs rires ; je me demandais quel plaisir ils pouvaient trouver à se trémousser en cadence. Depuis quelque temps, devant les êtres jeunes, j'éprouve une sorte d'étonnement, comme si je contemplais une espèce animale étrangère à la mienne, comme un vieux chien regarderait danser les souris. J'ai demandé à Hélène et à François s'ils ressentaient quelque chose d'analogue. Ils ont ri et m'ont répondu que je n'étais qu'un vieil égoïste, qu'eux, Dieu merci, ne perdaient pas contact avec leurs enfants. Voire ! Je crois qu'ils se font beaucoup d'illusions. S'ils voyaient devant eux renaître leur propre jeunesse, elle leur ferait horreur, ou plutôt ils ne la reconnaîtraient pas ; ils passeraient devant elle et diraient : « Cet amour, ces rêves, ce feu nous sont étrangers. » Leur propre jeunesse... Alors, que peuvent-ils comprendre à celle des autres ?

Comme l'orchestre reprenait haleine, j'entendis les roulements de la voiture qui conduisait les jeunes mariés au Moulin-Neuf. Je cherchais des yeux Brigitte Declos parmi les couples. Elle dansait avec un grand jeune homme brun. Je songeais au mari. Quel imprudent. Et pourtant il est sage, sans doute, à sa manière. Il réchauffe son vieux corps sous un édredon rouge et sa vieille âme avec des titres de propriété, tandis que sa femme jouit de sa jeunesse.

Le jour de l'An, je déjeune chez mes cousins Érard. C'est une habitude d'ici que la visite soit longue, que l'on arrive pour midi, que l'on reste pour les autres heures, que l'on dîne avec les reliefs du déjeuner, que l'on rentre à la nuit. François devait visiter un de ses domaines ; l'hiver est rigoureux ; les routes couvertes de neige. Parti vers cinq heures, nous l'attendions pour le dîner, mais il était huit heures et il ne se montrait pas.

— Il aura été retenu, dis-je. Il couchera à la ferme.

— Mais non, il sait que je l'attends, répondit Hélène. Depuis que nous sommes mariés, il ne s'est jamais absenté une nuit sans me prévenir. Mettons-nous à table ; il ne tardera pas.

Les trois garçons étaient absents, invités chez leur sœur, au Moulin-Neuf, où ils coucheraient. Depuis longtemps je ne m'étais trouvé seul ainsi avec Hélène. Nous parlions du temps et des récoltes, seuls sujets de conversation ici ; rien ne troubla notre repas. Cette province a vraiment quelque chose de retiré et de sauvage, d'opulent et de méfiant qui rappelle les époques anciennes. La table de la salle à manger paraissait trop grande pour nos deux couverts. Tout brillait ; tout avait un air de propreté et de calme, les meubles de chêne, le parquet luisant, les assiettes à fleurs, le buffet vaste à la panse arrondie comme on n'en voit plus que chez nous, l'horloge, les ornements de cuivre du foyer, la suspension et ce guichet de chêne sculpté qui communique avec la cuisine et par lequel on passe les plats. Quelle ménagère que ma cousine Hélène ! Comme elle s'entend aux confitures, aux conserves, à la pâtisserie ! Comme elle soigne son poulailler et son jardin ! Je m'informai si elle avait pu sauver les douze petits lapins dont la mère avait crevé et qu'elle a nourris au biberon.

— Ils sont superbes, me dit-elle.

Mais je la sentais distraite. Elle regardait l'horloge et tendait l'oreille pour épier le bruit de la voiture.

— Voyons, vous êtes inquiète au sujet de François, je le vois bien. Que voulez-vous qu'il lui arrive ?

— Rien. Mais, mon ami, nous nous sépa-rons si rarement, François et moi, nous vivons si proches l'un de l'autre que lorsqu'il n'est pas à mes côtés je souffre, je m'inquiète. Je sais bien que c'est bête…

— Vous avez été séparés pendant la guerre…

— Ah, fit-elle, et elle frissonna à ce sou-venir, ces cinq ans ont été si durs et si ter-ribles… Je crois parfois qu'ils ont racheté tout le passé.

Un silence tomba entre nous ; le guichet s'ouvrit en grinçant et la bonne nous passa une tourtière aux pommes, les dernières pommes d'hiver. L'horloge sonna neuf coups. Du fond de sa cuisine la servante dit :

— Jamais monsieur n'était rentré aussi tard.

Il neigeait. Nous nous taisions. On télé-phona du Moulin-Neuf ; tout allait bien là-bas. Hélène me reprocha ma paresse :

— Quand vous déciderez-vous à rendre visite à Colette ?

— C'est loin, dis-je.

— Vieil hibou… On ne peut plus vous sor-tir de votre trou. Dire qu'il fut un temps… Quand je pense que vous avez vécu chez les sauvages, Dieu sait où… et maintenant, pour aller du Mont-Tharaud au Moulin-Neuf, c'est loin, répéta-t-elle en m'imitant. Il faut les voir,

Sylvestre. Ils sont si heureux, ces enfants. Colette s'occupe de la ferme ; ils ont une laiterie modèle. Ici, elle était un peu nonchalante, elle se laissait dorloter. Chez elle, elle est la première debout, mettant la main à la pâte, s'occupant de tout. Le père Dorin a remis le Moulin-Neuf entièrement en état avant de mourir. On leur en a déjà offert neuf cent mille francs. Naturellement, ils ne pensent pas à vendre : le moulin est dans la famille depuis cent cinquante ans. Ils pensent se laisser vivre ; ils ont tout pour être heureux : le travail et la jeunesse.

Elle continua à parler ainsi, imaginant l'avenir et voyant déjà en esprit les enfants de Colette. Dehors, le grand cèdre chargé de neige craquait et gémissait. À neuf heures et demie, elle s'interrompit brusquement :

— C'est tout de même étrange. Il devait être là à sept heures.

Elle n'avait plus faim ; elle repoussa son assiette et nous attendîmes en silence. Mais la soirée s'écoulait et il ne revenait pas. Hélène leva les yeux vers moi.

— Quand une femme aime son mari comme j'aime François, elle ne devrait pas lui survivre. Il est plus âgé que moi et plus fragile… Parfois, j'ai peur.

Elle jeta une bûche au feu.

— Ah, mon ami, devant tel ou tel événement de votre vie pensez-vous quelquefois à l'instant dont il est sorti, au germe qui lui a donné naissance ? Je ne sais comment dire… Imaginez un champ au moment des semailles, tout ce qui tient dans un grain de blé, les futures récoltes… Eh bien, dans la vie, c'est exactement pareil. L'instant où j'ai vu François pour la première fois, où nous nous sommes regardés, tout ce que cet instant contenait… c'est terrible, c'est fou, ça donne le vertige !… Notre amour, notre séparation, ces trois ans qu'il a passés à Dakar, lorsque j'étais la femme d'un autre et… tout le reste, mon ami… Puis, la guerre, les enfants… Des choses douces, des choses douloureuses aussi, sa mort ou la mienne, le désespoir de celui qui restera.

— Oui, dis-je, si on connaissait d'avance la récolte, qui sèmerait son champ ?

— Mais tous, Silvio, tous, fit-elle en m'appelant du nom qu'elle ne me donnait plus que rarement. C'est la vie, cela, joie et larmes. Tous veulent vivre, sauf vous.

Je la regardai en souriant :

— Comme vous aimez François !

Elle répondit simplement :

— Je l'aime beaucoup.

Quelqu'un frappa à la porte de la cuisine. C'était un gamin qui avait emprunté la veille à la bonne un cageot pour les poules et qui venait le rapporter. À travers le guichet demeuré entrouvert j'entendis sa voix perçante :

— Y a un accident vers l'étang de Buire.

— Lequel donc ? interrogea la cuisinière.

— Une voiture qui s'a ouverte en deux sur la route et un blessé qu'on a porté à Buire.

— Tu connais point son nom ?

— Ma foi, je connais point, fit le gars.

— C'est François, dit Hélène, très pâle.

— Voyons, vous êtes folle !

— Je sais que c'est François.

— Il vous aurait fait appeler s'il lui était arrivé un accident.

— Vous ne le connaissez donc pas ? Pour m'éviter une émotion, une course à Buire en pleine nuit, il va chercher à se faire transporter ici, même blessé, même mourant.

— Mais il ne trouvera pas de voiture en pleine nuit et par cette neige.

Elle sortit de la salle à manger et alla prendre dans le vestibule son manteau et son châle. Je ne pouvais que répéter :

— Vous êtes folle. Vous ne savez même pas si c'est bien de François qu'il s'agit. Et, d'ailleurs, comment irez-vous à Buire ?

56

— Mais… à pied, si on ne peut pas faire autrement.

— Onze kilomètres !

Elle ne répondit même pas. J'essayai en vain d'obtenir une voiture chez des voisins. Nous jouions de malheur : l'une était en panne, l'autre, celle du docteur, était occupée par un malade que l'on devait opérer la même nuit à la ville voisine. Dans cette neige épaisse, les bicyclettes ne circulaient plus. Force fut de faire le chemin à pied. Il faisait extrêmement froid. Hélène marchait vite et sans parler : elle était certaine que François l'attendait à Buire. Je ne la dissuadai pas : je la croyais certes capable de percevoir à distance l'appel de son mari blessé. Il y a une surhumaine puissance dans l'amour conjugal. Comme dit l'Église : c'est un grand mystère. Bien d'autres choses sont mystérieuses en amour.

Sur la route, nous croisions parfois une voiture qui marchait très lentement à cause de la neige. Hélène regardait avec anxiété à l'intérieur et appelait : « François ! », mais rien ne répondait. Elle ne semblait pas lasse. Elle s'avançait avec une grande assurance sur la croûte glacée du chemin, en pleine nuit, entre deux ornières de neige, sans trébucher ni perdre pied une seule fois. Je me demandais quelle tête elle ferait si, en entrant à Buire, elle n'y trouvait pas François. Mais elle ne se trompait pas. C'était bien sa voiture qui s'était brisée près de l'étang. Dans la ferme, sur le grand lit, près du feu, François étendu, une jambe cassée, brûlant de fièvre, poussa un faible cri de joie à notre entrée :

— Oh, Hélène… Pourquoi ?… Il ne fallait pas venir… On allait atteler une carriole pour me reconduire chez moi. Que c'est bête d'être venu, répétait-il.

Mais tandis qu'elle découvrait sa jambe et commençait à la panser avec des mouvements légers, prudents, adroits (elle a été infirmière pendant la guerre), je vis qu'il saisissait sa main :

— Je savais bien que tu viendrais, murmura-t-il, j'avais mal et je t'appelais.

Tout l'hiver, François est resté couché ; sa jambe était cassée en deux endroits. Il y a eu des complications, je ne sais quoi… Voici huit jours seulement qu'il se lève.

Nous avons eu un été bien froid et très peu de fruits. Rien de nouveau dans nos campagnes. Ma cousine Colette Dorin a accouché d'un enfant le 20 septembre. C'est un garçon. Je n'étais allé au Moulin-Neuf qu'une fois depuis le mariage. J'y suis retourné à l'occasion de cette naissance. Hélène était auprès de sa fille. De nouveau l'hiver — monotone saison. Le proverbe oriental qui dit que les jours rampent et les années volent n'est vrai nulle part autant qu'ici. De nouveau la nuit qui tombe à trois heures, le vol des corbeaux, la neige sur les chemins et, dans chaque maison isolée, la vie qui se rétrécit, semble-t-il, qui n'offre à l'extérieur que la surface la plus réduite, longues heures qui s'écoulent près du feu, sans rien faire, sans lire, sans boire, sans même un rêve.

Hier, 1ᵉʳ mars, par un jour de soleil et de grand vent, je suis parti de bonne heure de chez moi pour aller toucher de l'argent à Coudray. Le père Declos me doit huit mille francs sur la vente de mon pré. Je m'attardai au bourg où on m'offrit une bouteille. Quand j'arrivai à Coudray, c'était le crépuscule. Je traversai un petit bois. De la route on voyait ses jeunes et tendres arbres verts qui séparent Coudray du Moulin-Neuf. Le soleil se couchait. Quand j'entrai sous-bois, l'ombre des branches faisait déjà la nuit sur la terre. J'aime nos bois silencieux. On n'y rencontre pas une âme à l'ordinaire. Je fus surpris en entendant tout à coup près de moi une voix de femme qui appelait. C'était un appel modulé sur deux notes très hautes. Quelqu'un siffla en réponse. La voix se tut. Je me trouvais alors près de l'étang. Les bois de mon pays contiennent des pièces d'eau, inaccessibles aux regards, enfermées entre les arbres, défendues par des cercles de joncs. Moi, je les connais toutes. Quand la saison des chasses est venue, je passe ma vie sur leurs bords. J'avançai très doucement. L'eau brillait et il y avait autour d'elle une vague lumière, comme celle que répand un miroir dans une pièce sombre. Je vis un homme et une femme marcher l'un vers l'autre, sur le sentier entre les joncs. Je ne pouvais pas distinguer leurs traits, seulement la forme de leurs corps (ils étaient grands et bien bâtis tous les deux) et que la femme portait une veste rouge. Je poursuivis ma route ; ils ne me virent pas ; ils s'embrassaient.

J'arrivai chez Declos ; il était seul. Il sommeillait dans un grand fauteuil près de la fenêtre ouverte. Quand il eut ouvert les yeux, il poussa un soupir rageur et profond et me regarda longtemps sans me reconnaître.

Je lui demandai s'il était malade. Mais c'est un vrai paysan, pour qui la maladie est une honte et qui la cache jusqu'au dernier instant, jusqu'aux sueurs de la mort. Il répondit qu'il se portait à merveille, mais la coloration bilieuse de sa peau, les cernes mauves qui entouraient sa paupière, les plis que faisaient ses vêtements flottant sur son corps, son essoufflement, sa faiblesse le trahissaient. J'ai entendu dire dans le pays qu'il souffre d'une « mauvaise tumeur ». Cela doit être exact. Brigitte se trouvera bientôt veuve et riche.

— Où est votre femme ? dis-je.

— Ma femme, hé ?

Par une vieille habitude de maquignon (il a fait ce métier dans sa jeunesse), il feint d'être sourd. Il finit par grommeler que sa femme était au Moulin-Neuf, chez Colette Dorin : « Ça n'a rien à faire, ça se promène et ça se visite toute la journée », acheva-t-il avec aigreur.

J'appris ainsi que ces deux jeunes femmes se sont liées d'amitié, ce qu'Hélène, sans doute, ignore, car elle m'a assuré, il y a peu de jours, que Colette ne vivait que pour son mari, son enfant, son intérieur et refusait toute sortie.

Le vieux père Declos me fit signe de prendre une chaise. Il est si avare que c'est une souffrance pour lui d'avoir à offrir du vin, et je me fis un malin plaisir de réclamer un verre pour boire à sa santé.

— Je n'entends pas, gémit-il, j'ai d'affreux bourdonnements d'oreille : c'est le vent qui fait ça.

Je parlai de l'argent qu'il me doit. En soupirant, il tira une grosse clef de sa poche et manœuvra son fauteuil jusqu'à l'armoire, mais le

63

tiroir qu'il voulait ouvrir était bien trop haut ;
il fit d'infructueux efforts pour y atteindre,
me refusa la clef lorsque je la lui demandai et
me dit enfin que sa femme rentrerait sans
doute dans un instant et me paierait.

— Vous avez une belle jeune femme, père
Declos.

— Trop jeune pour ma vieille carcasse,
pensez-vous, monsieur Sylvestre ? Bah, bah, si
les nuits pour elle sont longues, les jours passent vite.

À cet instant, Brigitte entra : elle portait
une jupe noire, une veste rouge, et un jeune
homme l'accompagnait : celui qui avait dansé
avec elle il y a trois ans, aux noces de Colette.
J'achevai mentalement la phrase du vieux
mari : « Plus vite peut-être que vous ne le pensez, père Declos. »

Mais le vieux ne semblait pas dupe. Il regardait sa femme ; ce visage demi-mort s'éclairait
tout à coup de passion et de colère.

— Enfin, te voilà ! Depuis midi, je t'espérais.

Elle me tendit la main et me présenta le
garçon qui la suivait. Il s'appelle Marc Ohnet ;
il vit sur les terres de son père ; il a la répu-
tation d'être coureur, et batailleur. Il est
très beau. Il n'est jamais revenu jusqu'à moi
que Brigitte Declos et Marc Ohnet se « fré-

quentent », comme on dit ici. Mais dans ce pays les ragots s'arrêtent aux dernières maisons des bourgs, et à la campagne, dans ces demeures isolées, séparées les unes des autres par des champs, par nos bois profonds, il se passe bien des choses dont personne n'a connaissance. Pour moi, même si je n'avais pas aperçu une heure plus tôt une veste rouge au bord de l'étang, j'aurais deviné que ces jeunes gens s'aimaient à leur air de tranquille impudence et à une sorte de feu sourd et caché dans leurs mouvements et leurs sourires. Elle surtout. Elle *brûlait.* « Les nuits sont longues pour elle », avait dit le père Declos. Je les imaginai, ces nuits dans la couche du vieux mari, rêvant à l'amant, comptant les soupirs de l'époux, se disant : « Quand donc viendra le dernier ? »

Elle ouvrit l'armoire que je devinai bourrée d'argent sous les piles de draps, car ce n'est pas un pays où on enrichit les banquiers, ici ; chacun garde près de soi son bien, comme un enfant chéri. Je guettai Marc Ohnet pour surprendre sur ses traits un éclair de convoitise, car ils ne sont point riches dans la famille : le père était l'aîné de quatorze enfants et la part de terres qu'il possède n'est pas grande. Mais non ! Le jeune homme, lorsque l'argent parut à ses yeux, se détourna avec brusquerie. Il alla à la fenêtre et regarda longtemps l'espace devant lui : le vallon et les bois étaient visibles dans la nuit claire. C'était un de ces temps de mars où le vent semble aspirer jusqu'aux derniers atomes de nuages et de brouillards ; les étoiles avaient un éclat vif et coupant.

— Comment va Colette ? L'avez-vous vue aujourd'hui ? demandai-je.

— Elle va bien.

— Et son mari ?

— Son mari est absent. Il est à Nevers et ne rentrera que demain.

Elle répondait à mes questions, mais ses yeux ne quittaient pas le visage du jeune homme. Très grand, très brun, il a dans toute sa personne un air de souplesse et de force, non pas exactement brutale, mais un peu sauvage ; ses cheveux sont noirs, son front étroit, ses dents blanches, serrées et un peu aiguës. Il apportait avec lui dans cette chambre sombre l'odeur des bois au printemps, une odeur vive et âpre qui soulève de bonheur ma poitrine, fait travailler mes vieux os. J'aurais marché toute la nuit. Quand je quittai Coudray, l'idée de rentrer chez moi m'était insupportable, et je me dirigeai vers le Moulin-Neuf pour demander à dîner. Je traversai le bois, complètement désert cette fois-ci, mystérieux et où sifflait le vent.

Je m'approchai de la rivière ; je n'étais jamais venu là que dans le jour, quand la roue du moulin est en marche ; c'est un bruit puissant et doux qui apaise le cœur. Au contraire, ce silence paraissait étrange et inspirait une sorte de malaise ; on tendait l'oreille malgré soi, épiant chaque bruit ; on n'entendait que le grondement de la rivière. Je traversai la passerelle où vous saisit brusquement l'odeur froide de l'eau, de l'ombre, des herbes mouillées ; la nuit était si claire que l'on voyait blanchir la crête des petites vagues rapides et pressées. Une lumière brillait au premier étage : Colette devait attendre son mari. Les planches craquaient sous mes pieds ; elle m'entendit venir. La porte du moulin s'ouvrit et je vis Colette courir vers moi, mais, à quelques pas de moi, elle s'arrêta et elle demanda d'une voix altérée :

— Mais qui est là ?

Je me nommai ; j'ajoutai :

— Tu attendais Jean, sans doute ?

Elle ne répondit pas. Elle s'approcha avec lenteur et me tendit son front à baiser. Elle était tête nue et vêtue d'un peignoir léger, comme si elle venait de sortir de son lit. Son front était brûlant ; toute son allure paraissait si bizarre qu'un soupçon m'effleura.

— Est-ce que je te dérange ? Je pensais te demander à dîner.

— Mais… je serais très heureuse, murmura-t-elle ; seulement, je ne vous attendais pas, et… Je suis un peu souffrante… Jean est absent… J'ai renvoyé la bonne et j'ai dîné d'une tasse de lait, dans mon lit.

À mesure qu'elle parlait, elle reprenait de l'assurance et elle finit par me conter une petite histoire, très plausible : elle avait un peu de grippe… D'ailleurs, je pouvais toucher ses mains et ses joues et je verrais qu'elle avait un accès de fièvre ; la bonne était au bourg, chez sa fille, et ne rentrerait que le lende-main. Elle était désolée ; elle ne pouvait pas m'offrir un bon dîner, mais si je voulais me contenter de deux œufs sur le plat et d'un fruit… Cependant, elle ne faisait pas un geste pour m'inviter à entrer. Au contraire. Elle bar-rait résolument la porte et, comme je m'ap-prochais d'elle davantage, je sentis qu'elle tremblait de tout son corps ; elle me fit pitié.

— Deux œufs sur le plat ne m'arrangent guère, lui dis-je, j'ai faim. D'autre part, je ne veux pas te garder plus longtemps sur la passerelle : le vent est glacial. Va te recoucher, ma fille. Je repasserai un autre jour.

Que pouvais-je faire d'autre ? Je ne suis ni son père ni son mari. Pour dire la vérité, j'ai fait assez de folies dans ma jeunesse pour n'avoir plus le droit de me montrer sévère, et quelles belles folies que celles de l'amour ! Sans compter qu'on les paie à l'ordinaire si cher qu'il ne faut pas les mesurer parcimonieusement à soi-même ni aux autres. Oui, on les paie toujours, et parfois les plus petites au prix des plus grandes. Autant vaut être pendu pour un mouton que pour un agneau, dit le proverbe. Certes, il était fou de recevoir un homme sous le toit conjugal, mais aussi quelle jouissance, cette nuit, au bras de l'amant, tandis que coule la rivière et que la peur d'être surpris vous serre le cœur. Qui était l'homme attendu ?

Je me dis : « À Coudray, le vieux père Declos me donnera bien un verre de vin et un bout de fromage, et si le galant n'y est plus, il y a de grandes chances pour que ce soit lui l'amant, ici comme là-bas. C'est un beau garçon. Declos est vieux, et Jean, le pauvre Jean, avait une tête de cocu le soir même de son mariage. On naît ainsi ; il n'y a rien à faire. »

Colette voulut m'accompagner jusqu'à l'entrée du bois. Par moments, elle trébuchait sur un caillou et se retenait à mon bras. Je touchai alors sa main qui était glacée.

— Va, lui dis-je, rentre. Tu serais malade.

— Vous n'êtes pas fâché ? demanda-t-elle.

Elle n'attendit pas ma réponse :

— Lorsque vous verrez maman, dit-elle à voix basse, je vous en prie, ne lui dites rien. Elle croirait que je suis sérieusement malade et elle s'inquiéterait.

— Je ne lui dirai même pas que je t'ai vue.

Elle se jeta dans mes bras :

— Que je vous aime, cousin Silvio ! Vous comprenez tout.

C'était un demi-aveu, et je sentis que mon devoir était de la mettre en garde. Mais aux premières paroles que je prononçai : « Ton mari, ton enfant, ta maison », elle fit un bond en arrière et, avec un accent de souffrance et de haine dans la voix, elle cria :

— Je sais, je sais, je sais tout ! Mais je n'aime pas mon mari. J'aime un autre. Laissez-nous tranquilles ! Ça ne regarde personne, prononça-t-elle avec effort, et elle s'enfuit si vite que je n'eus pas le temps d'achever mon discours.

Étrange folie ! L'amour à vingt ans ressemble à une crise de fièvre, à un accès de délire. Lorsqu'il est terminé, on a peine à se souvenir d'autres… Chaleur du sang, vite éteinte. Je me sentais devant cette flambée de rêves et de désirs, si vieux [1], si froid et si sage…

À Coudray, je frappai à la fenêtre de la salle à manger et je dis que je m'étais égaré. Le vieux qui sait que je vagabonde dans ses bois depuis l'enfance n'osa pas me refuser une chambre. Quant au dîner je ne fis pas de cérémonie. J'allai à la cuisine et je demandai à la bonne une assiette de soupe. Elle me la donna avec un gros morceau de fromage par-dessus le marché et un quignon de pain. Je revins la manger près du feu. Il n'y avait pas d'autre lumière dans la pièce que celle des flammes ; on épargne l'électricité.

Je demandai où était Marc Ohnet.

— Parti.

— A-t-il dîné avec vous ?

— Oui, grogna le vieux.

— Vous le voyez souvent ?

Il fit semblant de ne pas entendre ; sa femme tenait entre les mains un ouvrage, mais ne cousait pas. Il l'interpella rudement :

— Tu ne te fatigues guère !

1. Ici s'interrompt la dactylographie de Michel Epstein, seule connue avant 2005. *(N.d.É.)*

— Je ne peux pas travailler, il n'y a pas de lumière, répondit-elle d'une voix basse et absente. Puis, s'adressant à moi :

— Il n'y avait personne au Moulin-Neuf ?

— Je ne sais pas. Je ne suis pas monté jusque-là. Le bois était si sombre que je n'ai jamais pu en sortir. J'avais peur de tomber dans l'étang.

— Il y a donc un étang dans le bois ? murmura-t-elle, et, comme je la regardai, elle sourit à demi d'un air de moquerie et de joie secrète puis, jetant son ouvrage sur la table, elle demeura immobile, les mains croisées sur les genoux, et le visage baissé.

La bonne entra.

— J'ai mis des draps au lit de monsieur, dit-elle en s'adressant à moi.

Le vieux Declos semblait dormir ; il restait ainsi pendant de longs instants sans parler, sans bouger, la bouche ouverte ; ses joues creuses et son teint livide lui donnaient l'apparence d'un mort.

— J'ai fait du feu dans votre chambre, continua la bonne, les nuits sont fraîches.

Elle s'interrompit brusquement : Brigitte s'était levée d'un bond et paraissait extraordinairement émue. Nous la regardions sans comprendre.

— Vous n'entendez rien ? demanda-t-elle au bout d'un instant.

— Rien. Qu'est-ce qu'il y a ?

— Je ne sais pas… j'avais cru… je me suis trompée sans doute… J'avais entendu un cri.

J'écoutai, mais le silence presque accablant de nos nuits campagnardes régnait seul ; il n'y avait même plus de vent.

— Je n'entends rien, dis-je.

La bonne quitta la pièce ; jc n'allai pas me coucher ; je regardai Brigitte qui tremblait et qui s'était approchée du feu. Elle avait surpris mon regard ; elle dit machinalement :

— Oui, les nuits sont bien froides.

Elle tendit les mains en avant comme si elle voulait les réchauffer aux flammes ; puis elle oublia sans doute ma présence ; elle cacha son visage entre ses doigts joints. À cet instant la barrière du jardin grinça ; quelqu'un monta le perron et sonna à la porte. J'allai ouvrir ; je vis sur le seuil un petit gars de ferme. Ce sont des messagers de malheur dans ces pays, où seuls quelques riches bourgeois ont le téléphone. Les paysans, s'il y a une maladie, un accident, une mort, dépêchent dans la nuit un « commis », un petit domestique aux joues roses qui d'une voix placide annonce la nouvelle. Celui-ci ôta poliment sa casquette et, se tournant vers Brigitte :

— S'il vous plaît, madame, c'est le patron du Moulin-Neuf qui est tombé dans la rivière.

À nos questions il répondit que Jean Dorin était rentré de Nevers plus tôt qu'on ne pensait ; il avait laissé sa voiture au bas de la maison dans le pré ; peut-être ne voulait-il pas que le bruit de l'auto réveille sa femme souffrante ? En traversant la passerelle il avait été pris d'un malaise, sans doute ; la passerelle est large et solide, mais munie d'un garde-fou d'un seul côté ; il était tombé à l'eau. Sa femme ne l'avait pas entendu rentrer ; elle dormait, mais le cri qu'il avait poussé en tombant avait troublé son sommeil. Elle s'était levée aussitôt ; elle s'était précipitée au dehors ; elle l'avait cherché en vain, la rivière est profonde ; il avait dû couler en un instant. Elle avait reconnu la voiture laissée dans le pré et ainsi elle avait eu la certitude que c'était bien son mari qui venait de mourir. Alors, désespérée, elle avait couru jusqu'à la ferme voisine et demandé du secours. Les hommes, en ce moment, cherchaient le corps, « mais la mère a pensé que la pauvre dame était toute seule et que Mme Declos, qu'est son amie, voudra l'assister », acheva le gamin.

— J'y vais, dit Brigitte.

Elle semblait frappée de stupeur ; elle avait une voix froide et grave. Elle toucha légèrement l'épaule de son mari, car le bruit de nos voix ne l'avait pas réveillé. Quand il ouvrit les yeux, elle lui expliqua ce qui s'était passé. Il l'écouta en silence. Peut-être ne comprenait-il qu'à moitié, peut-être se souciait-il peu de la mort d'un homme jeune ou, en général, de n'importe quelle mort autre que la sienne. Peut-être ne voulait-il pas dire ce qu'il pensait. Il se leva en soupirant péniblement :

— Tout ça... tout ça, dit-il enfin.

Il n'acheva pas.

— Je monte me coucher, moi.

Sur le seuil, il dit encore, d'un air qui me parut significatif et presque menaçant :

— Tout ça, ce sont vos affaires. Qu'on ne m'y mêle point. Compris ?

J'accompagnai Brigitte au Moulin-Neuf. Des lumières erraient et se croisaient dans la nuit, sur l'eau : des hommes cherchaient en vain le corps. Dans la maison, toutes les portes étaient ouvertes ; des voisins s'occupaient de Colette évanouie, de l'enfant qui criait ; d'autres fouillaient les armoires, en sortaient les draps qui serviraient à l'ensevelissement ; les gars de la ferme étaient réunis dans la cuisine et cassaient la croûte en attendant le jour qui permettrait d'explorer les joncs en bas de la rivière ; on pensait que le noyé avait coulé jusque-là et avait été arrêté par les longues herbes.

Je ne pus voir Colette qu'un instant : les femmes l'entouraient et ne la lâchaient pas. Les femmes de la campagne entendent ne rien perdre d'un spectacle gratuit comme l'est celui d'une naissance ou d'une mort subite. Elles bourdonnaient, donnaient des avis, des conseils et portaient à boire aux hommes à mi-corps dans l'eau. J'errai à travers le moulin, dans ces pièces d'habitation, si confortables et vastes, avec leurs grandes cheminées, leurs jolis meubles anciens, choisis avec tant d'amour par Hélène, leurs alcôves profondes, leurs fleurs, leurs rideaux de cretonne à bouquets ; à gauche se trouvait le moulin proprement dit, le domaine du pauvre garçon disparu. J'imaginai son corps prisonnier de l'eau, mais si une parcelle de son âme revenait sur la terre, elle se retrouverait ici, sans aucun doute, parmi ces machines, ces sacs de grain, ces balances, tout cet humble décor. Avec quelle fierté il m'avait fait visiter cette aile du moulin, rebâtie par son père. Je croyais presque le voir à côté de moi. Je heurtai, en passant, je

ne sais quelle machine, et elle grinça tout à
coup, d'une manière si plaintive, si inatten-
due, si étrange, que je ne pus m'empêcher de
murmurer :

— Êtes-vous là, mon pauvre ami ?

Tout se tut brusquement. Je redescendis
vers les pièces habitées pour attendre François et Hélène qui avaient été prévenus par
mes soins. Ils arrivèrent et leur présence seule
créa presque aussitôt la paix. Le bruit et la
confusion furent remplacés par une sorte de
murmure funèbre qui berçait la douleur. Les
voisins furent renvoyés avec de bonnes paroles.
On ferma les fenêtres et les volets ; on baissa
les lumières ; on fleurit la pièce où reposerait
le corps ; vers le matin les hommes l'avaient
trouvé pris dans les joncs, comme ils l'avaient
cru ; le petit groupe muet pénétra dans le
moulin, portant une forme cachée dans un
drap, étendue sur une civière.

On a enterré avant-hier Jean Dorin. Un très long service par une froide et pluvieuse journée. Le moulin est mis en vente ; Colette ne garde que les domaines dont son père va s'occuper, et elle retournera vivre auprès de ses parents.

On a célébré aujourd'hui une messe pour le repos de l'âme de Jean Dorin. Toute la famille était là, et cela emplissait l'église d'une foule en noir, muette et indifférente. Colette a été très malade ; elle se levait aujourd'hui pour la première fois, et pendant l'office, elle s'est évanouie. J'étais placé non loin d'elle. Je l'ai vue tout à coup soulever son voile de deuil, regarder fixement le grand Christ étendu au-dessus d'elle, cloué sur la croix ; elle a poussé un faible cri et elle est retombée en avant, la tête sur ses bras. Je déjeunais chez ses parents après la cérémonie ; elle n'est pas descendue à la salle à manger. J'ai demandé à la voir ; elle était dans sa chambre, sur son lit, et son enfant couché auprès d'elle. Nous étions seuls. Quand elle m'a aperçu, elle s'est mise à pleurer, mais, à toutes mes questions, elle n'a rien voulu répondre. Elle détournait la tête avec un air de honte et de désespoir.

Je finis par la laisser. François et Hélène se promenaient lentement dans le jardin, en m'attendant. Ils ont beaucoup vieilli et perdu cette expression de sérénité qui me plaisait tant et me touchait en eux. Je ne sais si l'être humain fait sa vie, mais ce qui est certain, c'est que la vie qu'il a vécue finit par transformer l'homme ; une existence calme et belle donne à un visage une sorte de moelleux, de gravité, un ton chaud et doux qui est presque une patine, comme celle d'un portrait. Mais voici que la suavité et le sérieux de ces traits s'effaçaient et ce que l'on apercevait en dessous, c'était l'âme triste et anxieuse. Pauvres gens ! Il y a un moment de perfection quand mûrissent toutes les promesses, que tombent enfin les beaux fruits, un moment que la nature atteint vers la fin de l'été, qu'elle dépasse bientôt, et alors commencent les pluies de l'automne. Il en est de même pour les gens.

Mes cousins étaient très inquiets au sujet de Colette. Naturellement ils comprenaient qu'elle a été très affectée par la mort du pauvre Jean, mais ils espéraient qu'elle se remettrait plus vite.

Au contraire, chaque jour, elle semblait plus faible.

— Je pense, dit François d'un air soucieux, qu'elle ne devrait pas rester ici. Ce n'est pas seulement à cause des souvenirs que, naturellement, elle retrouve à chaque pas, dans cette maison où elle a connu Jean, où elle s'est mariée, etc. C'est surtout à cause de nous.

— Je ne comprends pas ce que tu veux dire, mon ami, fit Hélène avec une certaine agitation.

Il posa sa main sur son bras ; il a un air d'autorité caressante auquel elle ne résiste jamais.

— Je pense, dit-il, que nous, que le spectacle de notre vie, que tout ce qu'il y a de bon en nous, que tout cela avive ses regrets. Elle comprend mieux ce qu'elle a perdu ; elle le sent pour ainsi dire davantage, en nous regardant. Pauvre petite. Parfois ses yeux ont une expression si triste que je peux à peine le supporter. Elle a toujours été ma préférée, je l'avoue. Je voulais la forcer à partir, à voyager. Mais non ! Elle refuse de nous quitter. Elle ne veut voir personne.

— Je crois, intervint Hélène, que ce ne sont pas des distractions qu'il lui faut pour le moment — d'ailleurs elle ne les accepterait pas — mais une occupation sérieuse. Je regrette sa décision de vendre le moulin. C'était la fortune de son fils, et elle aurait dû non seulement la conserver, mais l'accroître.

— Qu'est-ce que tu dis là ? Elle n'aurait pas pu se tirer d'affaire toute seule.

— Pourquoi toute seule ? Nous l'aurions aidée et, dans quelques années, un de ses frères aurait pu diriger le moulin, en attendant que le petit ait l'âge de le faire. Un travail absorbant est seul capable de la guérir.

— Ou un autre amour, dis-je.

— Un autre amour, certes. Mais le mieux pour qu'il vienne (j'entends un véritable amour, honnête et sain) c'est de ne pas trop y penser, de ne pas l'appeler. Sans quoi on se trompe. On met le masque de l'amour sur le premier et le plus vulgaire visage. J'espère de tout mon cœur que, plus tard, elle se remariera, mais il faut d'abord qu'elle retrouve la paix. Ensuite, et tout naturellement, parce qu'elle est jeune, elle aimera de nouveau, quelque brave garçon comme ce pauvre Jean.

Ils continuèrent à parler entre eux de Colette. Ils en parlaient sur un ton de certitude confiante et tranquille. C'était leur enfant. Ils l'avaient faite. Ils croyaient connaître jusqu'à ses rêves. Ils décidèrent enfin de tout mettre en œuvre pour qu'elle s'intéressât aux domaines qui restaient, aux travaux, aux récoltes, à ces biens qu'elle avait le devoir de garder pour son fils. Quand je les quittai, ils étaient assis sur le banc devant la maison, sous les fenêtres de leur chambre, ce même banc où je demeurai autrefois si longtemps, à guetter un pas dans la nuit.

Le vieux Declos est plus mal. Sa femme a appelé en consultation un docteur du Creusot qui a proposé une opération. Le vieux a voulu savoir à quel prix cela lui reviendrait. Le médecin a dit un chiffre. Lui, alors, est resté longtemps silencieux, comme le jour où, chez moi, il marchandait le petit domaine des Roches, après la mort de ma mère. Je me rappelle qu'il m'avait demandé mon prix et qu'ensuite il s'était tu pendant quelques instants, les yeux fermés, puis il avait dit : « Ça va. Je suis d'accord » ; il était pauvre en ce temps-là ; nous avions à peu de chose près le même âge. C'était une grosse affaire pour lui que l'achat de ces vingt-quatre hectares. De même, lorsque le médecin lui eut dit que l'opération lui coûterait dix mille francs et qu'il aurait, en cas de succès, une survie de trois, quatre, peut-être cinq années, il calcula sans doute la valeur de chacune de ces années et trouva qu'elles ne seraient pas si belles et si bonnes après tout pour qu'on dût les payer riches. Il refusa l'opération ; le médecin parti, il dit à sa femme que son père était mort d'une maladie toute semblable, que cela n'avait pas duré longtemps, quelques mois au plus, mais qu'il avait beaucoup souffert. Il avait conclu :

— Ça ne fait rien, on est habitué à souffrir.

Il est vrai que nos paysans ont une espèce de génie pour vivre le plus durement possible. Si riches qu'ils soient ils repoussent le plaisir, le bonheur même avec une implacable résolution, se méfiant peut-être de leurs trompeuses promesses. Il est vrai que la seule fois où, à ma connaissance, le père Declos se soit écarté de cette règle, c'est le jour où il a épousé Brigitte, et il a dû le regretter. Il se prépare donc à mourir vers la Noël ; il met ses affaires en ordre. Sa femme héritera du bien, sans nul doute : même s'il se sait trompé, il se gardera bien d'agir de façon que cet adultère soit soupçonné. C'est à la fois question d'orgueil et de fidélité aux siens ; une sorte de solidarité qui lie ici l'époux à l'épouse, les enfants au père, et couvre toutes les haines, afin qu'il n'y ait pas de scandale, que personne ne sache rien. Ce n'est pas l'approbation des gens qu'ils désirent : ils sont trop sauvages pour cela et trop fiers, mais ce qu'ils redoutent, c'est qu'on s'occupe d'eux ; c'est pour eux une souffrance morale insupportable de sentir sur soi les yeux d'autrui ; cela les rend inaccessibles à la vanité ; ils ne veulent pas plus être enviés que plaints, mais qu'on les laisse tranquilles. C'est leur mot ; il est pour eux synonyme de bonheur, ou plutôt il remplace le bonheur absent. J'ai entendu une vieille femme dire à Hélène en parlant de Colette et de l'accident qui l'a rendue veuve :

— Dommage, dommage… Votre fille, au moulin, elle était bien tranquille.

Et ce mot représentait pour elle tout ce qu'elle pouvait imaginer de félicité humaine.

Le vieux Declos veut, lui aussi, que tout soit tranquille pendant ses derniers jours sur la terre, et après lui.

Nous avons un automne précoce. Levé avant le jour je me promène dans la campagne, entre des champs qui ont appartenu aux miens depuis des générations et que possèdent et cultivent les autres. Je ne puis dire que j'en souffre ; parfois un petit pincement au cœur… Je ne regrette pas le temps perdu à poursuivre la fortune, le temps où j'achetais des chevaux au Canada, où je trafiquais le coprah dans le Pacifique. Ce besoin de départ, cet ennui étouffant que m'inspirait ma province, je les ai éprouvés à vingt ans avec tant de force que je serais mort, je crois, si j'avais dû rester ici. Je n'avais plus de père, et ma mère n'a pas pu me retenir. « C'est comme une maladie », disait-elle épouvantée, quand je la suppliais de me donner de l'argent et de me laisser partir, « attends un peu, ça passera. »

Elle disait encore :

— En somme, tu fais comme le fils Gonin, et le fils Charles, qui veulent être ouvriers en ville, qui savent qu'ils seront moins heureux qu'ici, qui me répondent, quand je les raisonne : « Ça fera du changement. »

Et, en effet, c'était bien ce que je voulais : le changement ! Mon sang s'allumait en pensant à tout ce vaste monde qui vivait, tandis que je demeurais ici. Je suis parti, et maintenant je ne peux pas comprendre quel démon me poussait loin de ma maison, moi sauvage et sédentaire. Colette Dorin m'a dit une fois, je me souviens, que je ressemble à un faune : un vieux faune vraiment, qui ne court plus les nymphes, qui se cache au coin de son feu. Et comment décrire les plaisirs que j'y trouve ? Je jouis de choses simples et qui sont à ma portée : un bon repas, un bon vin, ce carnet où je me procure, en y griffonnant, une joie sarcastique et secrète ; par-dessus tout la divine solitude. Que me faut-il de plus ? Mais, à vingt ans, comme je brûlais !... Comment s'allume en nous ce feu ? Il dévore tout, en quelques mois, en quelques années, en quelques heures, parfois, puis s'éteint. Après, vous pouvez dénombrer ses ravages. Vous vous trouvez lié à une femme que vous n'aimez plus, ou, comme moi, vous êtes ruiné, ou, né pour être épicier, vous avez voulu vous faire peintre à Paris et vous finissez vos jours à l'hôpital. Qui n'a pas eu sa vie étrangement déformée et courbée par ce feu dans un sens contraire à sa nature profonde ? Si bien que nous sommes tous plus ou moins semblables à ces branches qui brûlent dans ma cheminée et que les flammes tordent comme elles veulent ; j'ai sans doute tort de généraliser ; il y a des gens qui sont à vingt ans parfaitement sages, mais je préfère ma folie passée à leur sagesse.

J'apprends que Colette, selon le désir de son père, va s'occuper elle-même de ses domaines. Elle sera, dit François Érard, son propre régisseur. Cela va la forcer à voir des gens, à sortir de chez elle, à batailler parfois pour défendre les intérêts de son fils. Hélène, pour l'y contraindre, y met la même persuasion habile et tendre que lorsqu'elle arrache à ses jeux le petit Loulou pour lui faire apprendre ses leçons. De même pour Colette… le jeu est fini.

Le père Declos vient de mourir. Il n'est pas allé jusqu'à la Noël. Il s'en faut de quelques semaines. Le cœur a cédé. Sa femme est riche maintenant. À la mort de cette bonne Cécile qui l'a élevée, elle ne possédait pour tous biens que Coudray. Autant dire rien. La maison tombait en ruine ; les terres étaient vendues ; le vieux Declos a acheté Coudray ; c'est alors qu'il est tombé amoureux de Brigitte. Il a petit à petit reconstitué le domaine ; il a jeté bas la vieille bâtisse et construit la plus belle maison du pays ; il a pris la fille par-dessus le marché. Nous avons tous pensé alors qu'elle avait de la chance, mais sans doute eût-elle dit que Colette avait plus de bonheur qu'elle — Colette qui n'a pas eu besoin d'épouser un vieillard pour vivre heureuse et choyée. Mais la mort a égalisé les chances. Je me demande si ces deux enfants savent ?... ou soupçonnent… Mais non, la jeunesse ne voit qu'elle-même. Que sommes-nous pour elle ? De pâles ombres. Et elle pour nous ?

Le dimanche, en cette saison où il pleut tous les jours, je descends au village. Je passe près de la maison des Érard sans y entrer. On entend parfois, sous la fenêtre du salon, les sons du piano d'Hélène. Parfois encore, je la vois chaussée de sabots dans le jardin, cueillir les dernières roses, celles que l'on conserve pour la Toussaint pour en orner les tombes, et les dahlias échevelés couleur de feu. Elle me voit ; elle me fait signe ; elle s'approche de la barrière et me dit d'entrer. Mais je refuse ; je ne suis pas d'humeur sociable ces derniers temps. Hélène et sa famille me font l'effet de vin de dessert, muscat ou frontignan doré que mon palais habitué au vieux bourgogne ne sait plus goûter. Je quitte donc Hélène, et sous les gouttes de pluie légère et rare qui tombent des arbres nus, je gagne le bourg. Il est muet, désert et mélancolique ; la nuit vient vite. Je traverse la place du monument aux morts, où monte la garde un soldat peint des plus fraîches couleurs de rose et d'azur ; plus haut se trouve un mail planté de tilleuls, d'antiques remparts noirâtres, une porte en forme d'arc qui ouvre sur le vide et où siffle un courant de bise, enfin la petite place ronde devant l'église. Dans le crépuscule brillent faiblement, aux fenêtres de la boulangerie, les grosses miches blondes en forme de couronne sous une ampoule voilée d'un cornet de papier blanc. Dans cette pluie fine et grise, dans cet air de brouillard, semblent flotter les panonceaux du notaire et l'enseigne du sabotier : un grand sabot creusé dans le bois blond, qui a la taille et la forme d'un berceau. En face, c'est l'Hôtel des Voyageurs. Je pousse la porte qui met en branle une petite sonnerie grelottante et me voilà dans la salle du café où brûle un gros poêle à l'œil rouge, sombre et enfumée, ses glaces reflètent les tables de marbre, le billard, le canapé au cuir crevé par places, le calendrier qui date de 1919 et où on voit une Alsacienne aux bas blancs entre deux militaires. Dans ce café, tous les dimanches, huit paysans (toujours les mêmes) jouent aux tarots. Les paroles rituelles s'échangent. On entend le bruit qu'on fait en débouchant les chopines de vin rouge et le heurt des verres grossiers sur les tables. Quand j'arrive, des voix lentes et au parler rocailleux que le pays d'ici a emprunté à la Bourgogne voisine prononcent l'une après l'autre :

— Salut, monsieur Sylvestre.

J'ôte mes sabots ; je commande du vin et je m'assieds toujours à la même place, à gauche, près de la fenêtre d'où je peux voir le poulailler, la buanderie et un jardinet sous la pluie.

Tout autour, c'est le silence d'un soir d'automne dans un tout petit bourg endormi. En face de moi une glace où s'encadre ma figure ridée, ma figure si mystérieusement changée en ces dernières années qu'à peine je puis la reconnaître. Bah ! Une chaleur animale et douce pénètre mes os ; je chauffe mes mains à ce petit poêle qui ronfle et dont l'odeur m'engourdit et m'écœure légèrement. La porte s'ouvre et sur le seuil paraît un gars en casquette, ou un homme habillé en monsieur en l'honneur du dimanche, ou une petite fille qui vient chercher le père et qui appelle de sa voix pointue :

— T'es t'y là ? La maman te demande.

Puis disparaît dans un éclat de rire.

Il y a quelques années, le père Declos venait ici ponctuellement tous les dimanches ; il ne jouait pas aux cartes, il était trop avare pour risquer ses sous, mais il s'asseyait près des joueurs et, en silence, la pipe au coin de sa bouche close, il les regardait ; quand on lui demandait un conseil, il se récusait avec un petit geste de la main, comme s'il refusait une aumône. Il est mort et enterré maintenant, et, à sa place, je vois Marc Ohnet, tête nue, vêtu d'une veste de cuir, attablé devant une bouteille de beaujolais.

La manière dont un homme boit en compagnie n'a aucune signification, mais lorsqu'il est seul, il révèle à son insu le fond même de son âme. Il y a une façon de tourner le pied du verre entre ses doigts, une façon d'incliner la bouteille et de regarder couler le vin, de porter le verre à ses lèvres, de tressaillir et de le reposer brusquement lorsqu'on vous interpelle, de le reprendre avec une petite toux affectée, de le vider d'un trait en fermant les yeux, comme si on buvait l'oubli à pleins bords, qui est celle d'un homme préoccupé, troublé par l'inquiétude ou de cruels soucis. On l'a aperçu ; mes huit paysans continuent à jouer, mais lui lancent parfois de rapides coups d'œil. Lui prend un air d'indifférence. La nuit tombe. On allume une grosse suspension de cuivre ; les hommes repoussent leurs cartes et s'apprêtent à rentrer chez eux. C'est le moment où la conversation s'engage. On parle d'abord du temps, du prix de la vie et des récoltes, puis, se tournant vers Ohnet :

— Il y a longtemps qu'on vous a point vu, monsieur Marc.

— Depuis l'enterrement du père Declos, dit un autre.

Le jeune homme fait de la main un geste vague, et murmure qu'il avait à faire.

On parle de Declos et du bien qu'il a laissé, « les plus belles terres du pays ».

— C'est un homme qui connaissait la culture… Avare, avec lui un sou était un sou. Il n'était pas aimé dans le pays, mais il connaissait la culture.

Un silence. Ils ont décerné au défunt leur plus bel éloge et, en quelque sorte, ils ont fait entendre au jeune garçon qu'ils prenaient le parti du mort contre le vivant, du vieux contre le jeune, du mari contre l'amoureux. Car, certainement, quelque chose se sait… En ce qui concerne Brigitte, du moins. Les regards brillants de curiosité se fixent sur Marc.

— Sa femme, dit enfin quelqu'un.

Marc lève la tête et fronce le sourcil.

— Quoi, sa femme ?

Des petites phrases prudentes s'échappent des lèvres paysannes avec la fumée des pipes :

— Sa femme... Elle était bien jeune pour lui, certainement, mais quand il l'a eu prise, il était déjà riche, lui, et elle...

— Il y avait Coudray, qui tombait en ruine.

— Elle aurait dû quitter le pays, bien sûr, c'est grâce à Declos qu'elle a gardé son bien.

— On n'a jamais su d'où elle venait.

— C'était une bâtarde à Mlle Cécile, fait quelqu'un avec un gros rire.

— Je l'aurais cru comme toi si je l'avais pas connue, Mlle Cécile. La pauvre fille, elle n'était pas portée à ça, bien sûr. Elle ne sortait de chez elle que pour se rendre à l'église.

— Des fois, ça suffit.

— Je ne dis pas, mais Mlle Cécile... Elle n'avait pas de malice. Non, c'est une gamine de l'Assistance qu'elle a prise avec elle, une espèce de petite bonne, quoi. Puis, elle s'est attachée à elle, et elle l'a adoptée. Mme Declos n'est point bête.

— Non. Point bête du tout. Comment qu'elle le faisait marcher, le vieux... Des robes, des parfums de Paris, des voyages. Tout ce qu'elle voulait. Mais elle sait y faire. Et pas seulement pour ça. Faut être juste. Elle s'y connaît, en culture. Ses métayers disent qu'il ne faudrait pas lui en conter. Et bien aimable avec le monde.

— Oui. Elle est fière à s'habiller mais pas fière à parler.

— Tout de même, dans le pays, elle est critiquée. Il faut qu'elle fasse attention.

Brusquement, Ohnet lève les yeux et demande :

— Attention à quoi ?

Encore un silence. Les hommes rapprochent leurs chaises les unes des autres et, du même mouvement, s'éloignent de Marc, marquant ainsi leur réprobation pour tout ce qu'ils devinent ou croient deviner.

— Attention à sa conduite.

— Je pense, dit Marc, en faisant tourner rapidement son verre vide entre ses doigts, je pense que l'opinion des gens lui est bien indifférente.

— Savoir, monsieur Marc, savoir… Son bien est dans le pays. Il faut qu'elle vive au pays. Il ne ferait pas bon pour elle d'être montrée du doigt.

— Elle peut vendre son bien et partir, dit un des paysans, tout à coup.

C'est le père Gonin, ses terres sont voisines de celles de feu Declos. Sur sa face patiente, paraît cette expression têtue et dure qui trahit un homme de chez nous lorsqu'il convoite le bien du prochain. Les autres se taisent. Je connais le jeu, on l'a pratiqué sur moi. Il s'exerce contre tous ceux qui ne sont pas du pays, ou qui ont cessé d'en être, ou que pour une raison ou pour une autre, on estime indésirables. Moi non plus, on ne m'aimait pas. J'avais abandonné mon héritage. J'avais préféré d'autres pays au mien. Tout ce que je voulais acheter était automatiquement doublé de prix ; tout ce que je voulais vendre était déprécié. Dans les plus petites choses je reconnaissais une malveillance merveilleusement agissante, sans cesse en éveil, qui était calculée pour me rendre la vie insupportable et pour me faire fuir loin d'ici. J'ai tenu bon. Je ne suis pas parti. Mais le bien, c'est eux qui l'ont eu. C'est Simon de Saint-Arraud que je vois près de moi, ses grosses mains noires posées sur ses genoux, qui a mes prés, et le Charles des Roches qui a mes domaines, tandis que la maison où je suis né est la propriété de ce gros fermier aux joues roses, à l'air placide et endormi qui dit avec un bon sourire :

— C'est sûr que Mme Declos ferait mieux de vendre. Elle a beau être bien entendue à la culture, il y a des choses qu'une femme ne sait pas faire.

— Elle est jeune ; elle se remariera, répond Marc d'un air de défi.

Ils se sont levés maintenant. L'un déploie son grand parapluie. L'autre met ses sabots et noue un cache-nez sous son menton. Presque sur le seuil, enfin, une voix faussement indifférente jette :

— Vous croyez qu'elle se remariera, monsieur Marc ?

Ils le guettent tous, les yeux plissés par un rire moqueur qu'ils retiennent. Lui, il regarde l'un puis l'autre, comme s'il cherchait à deviner ce qu'ils pensent et ce qu'ils taisent, et comme s'il s'apprêtait à parer un coup. Il finit par répondre en haussant les épaules, en fermant à demi les yeux, d'un air d'ennui :

— Comment voulez-vous que je le sache ?

— Oui, bien sûr, monsieur Marc. On sait que vous connaissiez bien le vieux, n'est-ce pas ? Même que regardant et méfiant comme il était, paraît qu'il vous laissait venir à toute heure du jour, et que même, vous en sortiez à des minuits. On suppose que depuis qu'il est mort, des fois, vous avez revu la veuve ?

— Des fois. Pas souvent.

— Ça doit vous faire deuil, monsieur Marc. Y avait deux maisons où vous étiez bien aimé et

105

bien reçu, puis dans les deux, les maîtres sont morts.

— Deux maisons ?

— Coudray et le Moulin-Neuf.

Et, comme satisfaits du tressaillement qu'il n'a pas pu maîtriser (un tremblement si fort qu'il a laissé échapper le verre et que celui-ci est tombé sur le carreau et s'est brisé), les paysans, enfin, s'en vont. Ils nous font de grands saluts :

— Bien le bonsoir, monsieur Sylvestre. Ça va toujours comme vous le voulez ? Allons, tant mieux. Bien le bonsoir, monsieur Marc. Le bonjour à Mme Declos quand vous la verrez.

La porte s'ouvre sur la nuit d'automne ; on entend tomber la pluie, les sabots sabotent dans la terre mouillée ; plus loin un ruissellement de source : dans le parc du château voisin, les arbres énormes s'égouttent ; les pins pleurent.

Moi, je fume ma pipe, et Marc Ohnet regarde droit devant lui. Puis, enfin, avec un soupir, il commande :

— Patron, encore une chopine.

Ce soir-là, lorsque Marc Ohnet est parti, une auto pleine de Parisiens est arrivée et s'est arrêtée devant l'Hôtel des Voyageurs, le temps de prendre un verre et de faire une petite réparation à la voiture. Riant et parlant haut, ils sont entrés dans la salle. Des femmes m'ont toisé ; d'autres ont essayé en vain de se farder devant ces glaces livides qui déforment les traits. D'autres se sont approchées des fenêtres et ont regardé la petite rue caillouteuse où tombait l'averse et ces maisons endormies.

— C'est calme, a dit une jeune fille en riant et elle s'est détournée aussitôt.

Ils m'ont dépassé plus tard, sur la route. Ils se dirigeaient vers Moulins. Ils traverseront cette nuit bien des petits pays paisibles, bien des bourgades somnolentes ; ils passeront auprès de grandes maisons muettes et sombres dans la campagne ; ils ne s'imagineront même pas

107

que tout cela a une vie profonde et secrète, qu'ils ignoreront toujours. Je me demande quel sera le sommeil de Marc Ohnet, cette nuit, et s'il rêvera du Moulin-Neuf et de cette verte et écumeuse rivière.

On bat le blé dans nos campagnes. C'est la fin de l'été, le dernier des grands travaux rustiques de la saison. Jour de labeur et jour de fête. D'énormes tartes blondes cuisent au four, et pour les décorer de fruits, les enfants depuis le début de la semaine font tomber les prunes. Il y a une grande abondance de prunes cette année ; le petit verger derrière ma maison bourdonne d'abeilles ; l'herbe est pleine de fruits mûrs, et leur peau d'or fendillée laisse échapper des perles de sucre. Chaque ferme tient à l'honneur d'offrir pour le battage, aux ouvriers et aux voisins, le meilleur vin, la crème la plus onctueuse du pays. À cela s'ajoutent les tourtières bourrées de cerises et luisantes de beurre, les secs petits fromages de chèvre dont nos paysans sont friands, les plats de lentilles et les pommes de terre, le café et le marc.

Ma servante étant allée passer la journée dans sa famille pour aider au repas, je me réfugiai chez les Érard. François et Colette devaient visiter un des domaines de cette dernière, au lieu dit Maluret, non loin du Moulin-Neuf. Ils m'invitèrent à les suivre. Le petit garçon de Colette qui a maintenant deux ans devait rester à la maison, avec sa grand-mère. Colette se séparait de lui avec peine. Elle a pour cet enfant un amour anxieux qui est pour elle une source de torture plutôt que de joie. Elle fit mille recommandations à Hélène et à la bonne avant de partir, leur répétant surtout de ne pas laisser l'enfant courir au bord de l'eau. Hélène hocha doucement la tête de son air tendre et raisonnable.

— Je t'en supplie, Colette, ne te laisse pas aller ainsi. Je ne te demande pas d'oublier l'accident arrivé au pauvre Jean, ma chérie, je sais que c'est impossible, mais ne laisse pas le souvenir empoisonner ta vie et celle de ton fils. Réfléchis un peu. Quelle sorte d'homme ferais-tu de lui, si tu l'élèves dans la crainte ? Ma pauvre petite, nous ne pouvons pas vivre à la place de nos enfants (quoique nous le désirions bien parfois). Chacun doit vivre et souffrir par lui-même. Le plus grand service que nous puissions rendre à nos enfants, c'est de

110

leur laisser ignorer notre propre expérience. Crois-moi, crois ta vieille mère, mon chéri.

Elle s'efforça de rire pour atténuer la gravité de ses paroles. Mais Colette, les yeux pleins de larmes, murmura :

— J'aurais voulu vivre comme toi, maman.

Sa mère comprit : « J'aurais voulu être heureuse comme toi. »

Elle soupira :

— C'était la volonté du Bon Dieu, Colette.

Elle embrassa sa fille, prit le bébé dans ses bras et rentra à la maison. Je la regardai s'éloigner, traverser le jardin, encore belle et fière malgré ses cheveux gris. Il est étonnant qu'elle ait gardé jusqu'à son âge mûr cette démarche légère et pleine d'assurance. Oui, pleine d'assurance ; celle d'une femme qui ne s'est jamais égarée dans les mauvais chemins, qui n'a jamais couru, haletante, à un rendez-vous, qui ne s'est jamais arrêtée, défaillant sous le poids d'un secret coupable…

Colette traduisit ce sentiment qu'elle éprouvait aussi, sans doute, en disant à son père dont elle prit le bras :

— Maman… c'est le soir d'un beau jour…

Il lui sourit :

— Allons, ma petite fille… Le tien aura la même grâce et la même sérénité. Allons, viens, dépêche-toi, répéta-t-il. Nous avons un long chemin à faire.

Pendant tout le trajet, Colette me parut plus gaie qu'elle n'avait jamais été depuis la mort de Jean. François conduisait. Elle s'était assise à côté de moi, au fond de la voiture. C'était une admirable et chaude journée, à peine touchée par l'automne. Seuls le bleu du ciel, plus froid, plus cristallin qu'en août, un souffle de vent parfois, et quelques feuilles cramoisies sur les haies annonçaient la fin des beaux jours. Colette, au bout de quelques instants, se mit à rire et à parler avec animation, ce qui ne lui était pas arrivé depuis bien longtemps. Elle se souvenait des longues promenades qu'elle avait faites avec ses parents, sur cette même route, dans son enfance :

— Tu te souviens, papa. Henri et Loulou n'étaient pas nés encore. Georges était le plus petit, et on le laissait à la bonne, ce qui fait que mon plaisir s'augmentait encore de vanité satisfaite. Et quel plaisir ! On me le faisait attendre longtemps. Parfois, plus d'un mois. Puis on préparait les paniers du pique-nique. Oh, les bons gâteaux… Ils n'ont plus jamais le même goût maintenant. Maman pétrissait la pâte, ses beaux bras nus pleins de farine jusqu'au coude, vous rappelez-vous ? Quelquefois, des amis venaient avec nous, mais souvent nous étions seuls. Après le déjeuner maman me forçait à m'étendre sur l'herbe ; toi, tu lui faisais la lecture. N'est-ce pas ? Tu lui lisais Rimbaud et Verlaine, et moi, j'avais tellement envie de courir… Je restais là, et j'écoutais à demi, et je pensais à mes jeux, au long après-midi qui s'écoulerait, et je savourais ce… cette perfection qu'il y avait alors dans mes plaisirs.

Sa voix était devenue plus basse et plus profonde à mesure qu'elle parlait et on voyait qu'elle avait oublié son père, qu'elle s'adressait à elle-même ; elle demeura silencieuse un instant, puis reprit :

— Tu te rappelles, papa, qu'une fois la voiture a eu une panne. Nous avons dû descendre et marcher, et comme j'étais fatiguée, maman et toi, vous avez demandé à un paysan qui passait avec un char plein d'herbe de me faire monter près de lui. Je me rappelle qu'il avait arrangé avec les branches et les feuilles une sorte de petit toit qui m'abritait du soleil, vous marchiez derrière le char, et le paysan conduisait son cheval. Alors, comme vous pensiez que personne ne vous regardait, vous vous êtes arrêtés sur la route, et vous vous êtes embrassés… Te rappelles-tu ? Et moi, j'ai sorti brusquement la tête de sous les branches qui me faisaient comme une petite maison et j'ai crié : « Je vous vois. » Et vous vous êtes mis à rire. Te rappelles-tu ? Et c'est ce soir-là que nous nous sommes arrêtés dans une grande maison où il y avait très peu de meubles, pas d'électricité, et un grand chandelier de cuivre jaune au milieu de la table… Oh, c'est curieux, j'avais oublié tout cela, et je me souviens maintenant. Mais peut-être, c'était un rêve.

— Non, dit François, c'était à Coudray, chez la vieille tante Cécile. Tu avais soif, tu pleurais et nous sommes entrés demander un verre de lait pour toi, ta mère ne voulait pas, je ne me rappelle pas pourquoi, mais, toi, tu hurlais, et il a fallu céder pour te faire taire, tu avais alors six ans.

— Attends donc… Je me souviens très bien maintenant d'une vieille demoiselle avec un fichu jaune sur le dos et d'une fillette d'une quinzaine d'années. C'était sa pupille, alors, cette petite ?

— Mais oui, ton amie, Brigitte Declos, je devrais dire Brigitte Ohnet, puisqu'elle épouse bientôt ce garçon.

Colette se tut, regarda pensivement au dehors, puis demanda :

— C'est donc décidé ?

114

— Oui, les bans vont être publiés dimanche, dit-on.

— Ah !

Ses lèvres frémirent, mais elle dit d'une voix calme :

— J'espère qu'ils seront heureux.

Puis elle ne prononça pas une parole jusqu'à ce que François eût pris pour aller à Maluret le plus long chemin, mais qui laissait le Moulin-Neuf à l'écart. Elle hésita un instant, puis lui toucha l'épaule.

— Papa, ne crois pas, s'il te plaît, qu'il me serait pénible de revoir le Moulin. Au contraire. Tu comprends, je l'ai laissé le jour même où le pauvre Jean a été enterré, et tout était si sombre et si triste que j'en garde une image désolée et… ce n'est pas juste, en quelque sorte… Oui, pas juste pour Jean. Je ne peux pas t'expliquer, mais… Il a fait son possible pour me rendre heureuse et pour me faire aimer cette maison. Je voudrais exorciser le souvenir, ajouta-t-elle d'une voix basse et contrainte. Je voudrais revoir la rivière, cela me guérira peut-être de ma peur de l'eau.

— Cette peur passera d'elle-même, Colette. À quoi bon ?…

— Crois-tu ? C'est que j'en rêve souvent, et elle me paraît sinistre. De la revoir ainsi, sous

115

le soleil, cela me ferait du bien, je pense. Je t'en prie, papa.

— Comme tu voudras, répondit enfin François, et l'auto rebroussa chemin.

Elle passa devant Coudray (Colette jeta un regard triste et jaloux vers ces fenêtres ouvertes), elle longea le chemin du bois, traversa le pont, et j'aperçus le Moulin. Des gens de la ferme nous virent passer, mais comme ils ne nous saluèrent pas, je demandai à Colette si c'était bien là les métayers que j'avais connus, ceux qui avaient envoyé leur commis à Coudray la nuit de l'accident.

— Non, dit-elle. La mère était la nourrice de Jean, et depuis la mort de mon mari elle se sentait mal à l'aise ici. Leur bail expirait en octobre ; ils n'ont pas voulu renouveler. Ils sont à Sainte-Arnould.

En parlant, elle touchait l'épaule de son père pour le forcer à s'arrêter. Comme je l'ai dit, c'était une admirable journée, mais si proche de l'automne que dès que le soleil se voilait il faisait froid, et que tout paraissait sombre en un instant ; cela n'arrive jamais au cœur de l'été, car alors, l'ombre elle-même répand une sorte de secrète chaleur. Comme nous regardions le Moulin-Neuf, un nuage passa devant le soleil et la rivière, jusque-là joyeuse et brillante, sembla s'éteindre. Colette se rejeta en arrière et ferma les yeux. François remit la voiture en marche et, au bout de quelque temps, murmura :

— Je n'aurais pas dû t'écouter.

— Non, répondit faiblement Colette, je crois que c'est inoubliable…

À Maluret les gens finissaient leur repas, leur quatre heures, comme on l'appelle ici. Ils allaient reprendre le travail ; ils étaient tous réunis dans la salle. Maluret est un château qui appartenait autrefois aux barons de Coudray. Le Coudray de tante Cécile faisait également partie du domaine, il y a cent cinquante ans. À cette date, la famille noble ruinée quitta le pays, et les terres furent morcelées. Le grand-père de Jean Dorin bâtit le Moulin-Neuf et racheta le château, mais il n'avait pas calculé ses ressources, ou, peut-être aveuglé par son désir, il n'avait pas vu dans quel pitoyable état se trouvait la maison. Il s'aperçut bien vite qu'il n'était pas assez riche pour la restaurer et en fit une métairie, ce qu'elle est encore aujourd'hui. Elle a un air fier et pitoyable à la fois, avec sa grande cour d'honneur où se trouvent maintenant les poulaillers et les clapiers, sa terrasse, dont les marronniers ont été abattus et où sèche la lessive, son portail surmonté d'un écusson brisé pendant la Révolution. Les gens qui l'habitent (leur nom est Dupont, mais on les appelle les Maluret, selon l'habitude du pays qui confond l'homme et sa terre jusqu'à ne plus pouvoir les dissocier l'un de l'autre), ces gens sont peu aimables, méfiants, presque sauvages. Maluret est loin du bourg, défendu par une ceinture de grands bois (l'ancien parc seigneurial redevenu forêt). L'hiver, les fermiers restent six ou huit mois sans voir personne. Aussi n'ont-ils rien de commun avec nos paysans riches et beaux parleurs dont les filles se fardent et portent des bas de soie le dimanche. Les du Maluret sont pauvres et plus avares encore que pauvres. D'humeur sombre, ils s'accordent parfaitement avec leur château branlant, aux pièces nues. Les planches s'affaissent sous les pas ; les murailles laissent tomber leurs pierres et les toits leurs ardoises bleuâtres. Dans l'ancienne bibliothèque, on garde les cochons ; il y a des toisons de laine pendues à l'intérieur, des cheminées si vastes qu'on n'y allume jamais du feu : elles dévoreraient la forêt. Il y a une petite chambre exquise avec une alcôve peinte et une fenêtre profonde ; l'alcôve contient la provision de pommes de terre pour l'hiver et autour de la fenêtre pendent en guirlande des chapelets dorés d'oignons.

Il est particulièrement difficile d'avoir affaire à ceux du Maluret, dit François. Je ne me souviens plus de ce qu'il avait à régler avec le maître ce jour-là ; ils sortirent tous deux pour voir le toit d'une grange qui avait brûlé. Le reste de la famille, les domestiques, les amis, les voisins qui étaient venus aider à battre mangeaient lentement. Les hommes gardaient leur chapeau sur la tête selon la coutume. Colette s'assit dans le manteau de la grande cheminée sculptée, et moi je m'assis à la grande table. Il y avait là quelques figures de connaissance, mais beaucoup d'inconnus, ou peut-être me semblèrent-ils ainsi et avaient-ils seulement vieilli comme moi, vieilli au point de m'apparaître des étrangers. Parmi eux se trouvaient les anciens métayers du Moulin-Neuf, ceux qui avaient quitté la place à la mort de Jean. Je demandai des nouvelles de la vieille mère qui avait été la nourrice de Jean : elle était morte. Cette famille se composait de dix ou douze enfants, je ne sais plus ; entre autres je vis le petit gars qui était venu avertir Brigitte de l'accident. Il avait seize ou dix-sept ans et, pour la première fois sans doute, il buvait comme un homme. Il semblait un peu ivre ; ses yeux étaient rouges et enflammés, et ses joues comme des braises. Il regardait Colette avec une insistance étrange, et, tout à coup, il s'adressa à elle par-dessus la table :

— Alors, comme ça, vous n'habitez plus là-haut ?

— Non, dit Colette, je suis retournée chez mes parents.

Il ouvrit la bouche comme pour dire quelque chose, mais François entrait, et il se tut. Il se versa encore un grand verre de vin.

— Vous trinquerez bien avec nous ? dit le maître du Maluret en faisant signe à sa femme de sortir d'autres bouteilles.

François accepta.

— Et vous, madame ? demanda-t-on à Colette.

Colette quitta sa place et se joignit à nous, car on ne peut faire l'affront de refuser un verre, surtout dans ces grandes fêtes rustiques. Les hommes debout avant l'aube, qui avaient dix heures de travail dans les muscles, qui venaient de manger comme des ogres, étaient tous à demi ivres, de cette pesante et morne griserie paysanne. Les femmes s'affairaient autour du poêle. On commença à plaisanter le jeune garçon, mon voisin. Il répondait avec une sorte de hardiesse farouche qui faisait

rire. On sentait qu'il avait le vin mauvais, batailleur, et qu'il était dans cet état d'ivresse où la
langue vous emporte, comme on dit chez nous.
La chaleur de la salle, la fumée des pipes,
l'odeur des tartes sur la table, le bourdonne-
ment des guêpes autour des compotiers pleins
de fruits, les gros rires sonores des paysans devaient augmenter encore cette sensation d'ir-
réel, de rêve où l'on flotte quand on a bu sans
savoir supporter le vin. Et, sans cesse, il regardait Colette.

— Tu ne regrettes pas le Moulin-Neuf ? lui
demanda distraitement François.

— Ma foi, non, on est mieux là-haut.

— Quelle ingratitude, dit Colette en souriant avec un peu de malaise ; tu ne te rappelles donc pas les bonnes tartines que je te
faisais ?

— Oh, si je m'en rappelle.

— Alors, c'est heureux.

— Oh, si je m'en rappelle, répéta le garçon.

Il tourmentait sa fourchette dans sa grosse
main et contemplait Colette avec une attention extraordinaire.

— Je m'en rappelle de tout, dit-il tout à
coup. Il y a bien des gens qui ont oublié, mais
moi, je m'en rappelle.

Le hasard voulut qu'il prononçât ces paroles

dans un silence subit, ce qui fit qu'elles réson-
nèrent si fort que tout le monde en fut frappé.
Colette, très pâle tout à coup, se taisait. Mais
son père demanda avec surprise :

— Que veux-tu dire, petit ?

— Je veux dire, je veux dire que si quelqu'un a oublié ici comment qu'a péri monsieur Jean, moi, je m'en souviens.

— Personne n'a oublié, dis-je, et je fis signe
à Colette de se lever et de quitter la table, mais
elle ne bougeait pas.

François se douta de quelque chose, mais,
comme il était à mille lieues de supposer la
vérité, au lieu de faire taire le gamin, il se pen-
cha vers lui et il l'interrogea anxieusement :

— Tu veux dire que tu as vu quelque chose
cette nuit-là ? Parle, je t'en prie. C'est très
grave.

— Faites pas attention. Vous voyez bien
qu'il est saoul, dit le maître du Maluret.

Sapristi, pensais-je, ils savent, ils savent tous.
Mais si cet imbécile ne parle pas, jamais ils
n'en souffleront mot ! Nos paysans ne sont
pas bavards et craignent comme le feu d'être
mêlés à quelque histoire qui ne les concerne
pas. Mais ils savaient ; ils baissaient tous les
yeux avec gêne.

— Allons, tiens-toi, dit rudement le Malu-ret, tu as assez bu. Ou retourne au travail.

Mais François, très ému, saisit le garçon par la manche.

— Écoute. Ne t'en va pas. Tu sais quelque chose que nous ignorons, j'en suis sûr. J'ai souvent pensé que cette mort n'était pas natu-relle, on ne tombe pas dans l'eau par mé-garde en traversant une passerelle que l'on connaît depuis l'enfance, dont le pied recon-naît chaque planche. D'autre part, monsieur Jean avait touché à Nevers une grosse somme, ce jour-là. On n'a pas retrouvé son porte-feuille. On a supposé qu'il l'avait perdu en tombant et que la rivière l'avait entraîné. Mais peut-être a-t-il été volé tout simplement, volé et assassiné. Écoute, si tu as vu quelque chose que nous ignorons, c'est ton devoir de le dire. N'est-ce pas, Colette ? ajouta-t-il en se tour-nant vers sa fille.

Elle n'eut pas la force de répondre oui, elle se contenta d'incliner la tête.

— Ma pauvre chérie, ceci est bien pénible pour toi. Va-t'en, laisse-moi seul avec ce garçon.

Elle fit signe que non. Tous se taisaient. Le garçon sembla dégrisé du coup. Ce fut en tremblant visiblement qu'il répondit aux questions pressantes de François :

— Eh bien, oui, j'ai vu que quelqu'un l'a poussé dans l'eau. Je l'ai dit à la grand-mère la même nuit, mais elle m'a défendu d'en parler.

— Mais voyons, s'il y a eu crime, il faut bien porter plainte, punir le coupable !… Ces gens sont inconcevables, me dit François à voix basse : ils verraient tuer un homme sous leurs yeux qu'ils se tairaient, « pour ne pas avoir d'histoires ». Et ils ont vu ce pauvre Jean, et ils n'ont rien dit pendant deux ans. Colette ! Dis-lui qu'il n'a pas le droit de se taire. Tu entends, gamin, la veuve de monsieur Jean te commande de parler.

— C'est vrai, madame ? demanda-t-il en levant les yeux vers elle.

Elle soupira « oui », et cacha son visage dans ses mains. Les femmes avaient laissé leur vaisselle et leur cuisine. Mains jointes sur le ventre, elles écoutaient.

— Eh bien, fit le garçon, d'abord, faut vous dire que, cette nuit-là, le père m'avait puni, rapport à une vache que j'avais point pansée comme il fallait. Il m'a battu et mis dehors sans souper. Comme j'étais en colère, j'ai point voulu rentrer. On avait beau m'appeler à l'heure du coucher, je faisais semblant de rien entendre. Le père a dit : « Bon, s'il veut faire la mauvaise tête, l'a qu'à passer la nuit dehors, ça le dressera. » Moi, alors, j'aurais bien voulu rentrer, mais je voulais point me faire moquer. J'ai donc pris en cachette du pain et du fromage à la cuisine, et je suis allé me cacher près de la rivière. Vous savez, madame Érard, sous les saules au bord de l'eau, où, des fois, l'été vous veniez pour lire. C'est là que j'ai entendu la voiture de monsieur Jean. « Tiens, que je me suis dit, il rentre plus tôt qu'on ne pensait. » Vous vous rappelez qu'on ne l'attendait que pour le lendemain. Mais il a arrêté l'auto dans le pré. Il est resté très longtemps près de l'auto, si longtemps que j'ai eu peur, je ne sais pas pourquoi. C'était une drôle de nuit ; il y avait le vent qui sifflait ; tous les arbres étaient secoués. Je pense qu'il restait près de l'auto, parce que moi je ne le voyais pas. Pour rentrer au moulin, il devait traverser la passerelle, devant moi. Il avait l'air de se cacher, que je pensais, ou d'attendre quelqu'un. Ça a duré si longtemps que je me suis endormi. J'ai été réveillé par du bruit sur la passerelle. C'étaient deux hommes qui se battaient. C'est allé si vite que j'ai pas eu le temps de me sauver. Un des hommes a poussé l'autre dans l'eau et a filé. J'ai entendu monsieur Jean crier en tom-

bant, j'ai reconnu sa voix ; il faisait : « Ah !
Dieu ! » puis il y a eu le bruit de l'eau. Alors,
j'ai couru sans m'arrêter jusqu'à la maison et
j'ai réveillé tout le monde pour raconter ce
qui s'était passé. La grand-mère m'a dit : « Toi,
tu n'as qu'à te taire, t'as rien vu, rien entendu,
compris ? » J'étais pas là depuis cinq minutes
que vous arriviez, madame, en appelant au
secours, que votre mari s'était noyé, et qu'on
vous aide à chercher le corps. Alors, le père a
descendu au moulin ; la grand-mère qu'avait
nourri monsieur Jean a dit : « J'vas chercher
un drap pour l'ensevelir de mes propres
mains, le pauvre malheureux enfant », et la
mère m'a envoyé à Coudray prévenir que le
patron s'était péri ! Voilà tout. Voilà tout ce
que je sais.

— Tu n'as pas rêvé ? Tu répéterais ce que
tu nous as dit devant le juge ?

Il répondit après une brève hésitation :

— Je le répéterais. C'est la vérité.

— Mais cet homme qui a poussé monsieur
Jean dans l'eau, tu ne le connais pas ?

Il y eut un très long silence, un silence pendant lequel tous les regards se fixèrent sur le
garçon. Seule Colette n'avait pas levé les yeux.
Elle tenait ses mains croisées devant elle maintenant ; l'extrémité de ses doigts tremblait.

126

— Je le connais point, dit enfin le gars.

— Tu n'as pas pu l'apercevoir ? Pas une seconde ? La nuit était claire cependant.

— Je dormais encore à moitié. J'ai vu deux hommes qui se battaient. C'est tout.

— Monsieur Jean n'a pas appelé au secours ?

— S'il a appelé, j'ai pas entendu.

— De quel côté l'homme s'est-il sauvé ?

— Par là, dans les bois.

François passa lentement la main sur ses yeux.

— C'est inouï. C'est… c'est incompréhensible. Un accident de ce genre est possible, mais ne s'explique que par un malaise : on ne perd pas pied sur une passerelle où l'on a passé dix fois par jour depuis vingt-cinq ans. Colette a dit : « Il a dû avoir un étourdissement. » Mais pourquoi ? Il n'était pas sujet au vertige ; il se portait à merveille. D'autre part, nous savons tous que des vols ont été commis, des incendies ont éclaté dans la région, et qu'on a arrêté des rôdeurs cette année-là. Je me disais donc parfois que cet accident n'en était peut-être pas un, que le pauvre Jean avait été victime d'un assassin. Mais le récit de ce petit gars est plus qu'étrange. Pourquoi Jean n'est-il pas rentré directement chez lui ? Tu es sûr qu'il est resté si longtemps près de l'auto ?

— Tu dormais, dis-je au gamin. Tu l'as dit toi-même. Tu sais que quand on dort, on n'a pas la notion du temps. Quelquefois, on croit qu'il s'est écoulé quelques minutes et c'est la moitié de la nuit qui a passé. Quelquefois, au contraire, on voit de longs rêves ; on croit qu'on a dormi bien longtemps et on a tout juste fermé les yeux une seconde.

— Ça c'est vrai, dirent plusieurs voix.

— Pour moi, voici ce qui s'est passé. Ce garçon dormait ; il s'est réveillé ; il a entendu le bruit de la voiture ; il s'est rendormi ; il lui a semblé qu'un très long temps s'était écoulé. En réalité il s'agissait des quelques secondes qui séparaient l'arrivée de Jean du moment où il a traversé la passerelle. Un rôdeur, peut-être qui savait que la maison était à demi vide cette nuit-là, puisque la servante elle-même était partie, un rôdeur a pénétré dans le moulin. L'arrivée de Jean l'a surpris. Il a entendu ses pas ; il s'est précipité au dehors. Jean a voulu l'arrêter. L'homme, alors, s'est défendu, et, en se débattant, il a fait tomber Jean dans l'eau. Voici comment les choses ont dû se passer.

— Il faut avertir la justice, dit François. C'est grave.

On s'aperçut alors que Colette pleurait. Les hommes, l'un après l'autre, se levèrent.

— Sors, on va travailler, dit le Maluret.

Ils vidèrent leurs verres et sortirent. Les femmes demeurèrent seules dans la grande cuisine, s'affairant à leur besogne sans regarder Colette. Son père la prit par le bras, l'aida à monter dans la voiture, et nous partîmes.

Ce soir si doux, je me suis assis sur le banc qui est derrière la cuisine, d'où je vois ce petit jardin que je me suis mis à cultiver, car pendant longtemps je ne lui demandai que les quelques légumes nécessaires à la soupe, mais depuis plusieurs années je le soigne. J'ai planté moi-même ces rosiers, sauvé cette vigne qui se mourait, bêché, désherbé, taillé les arbres fruitiers. Je me suis attaché peu à peu à ce coin de terre. Les soirs d'été, au crépuscule, ce bruit de fruits mûrs se détachant de l'arbre et tombant d'une chute molle dans l'herbe me donne une sorte de bonheur. La nuit vient... alors ? on ne peut appeler cela la nuit : l'azur du jour se trouble, et verdit, et toutes les couleurs graduellement se retirent du monde visible, ne laissant qu'une nuance intermédiaire entre le gris de perle et le gris de fer. Mais tous les contours sont d'une parfaite netteté ; le puits, les cerisiers, le petit mur bas, la forêt et la tête du chat qui joue à mes pieds et mord mon sabot. C'est l'heure où la bonne rentre chez elle ; elle allume la lampe dans la cuisine, et cette lumière fait entrer instantanément toutes choses dans une nuit profonde. C'est le meilleur instant de la journée ; c'est naturellement celui qu'a choisi Colette pour venir jusqu'ici me demander conseil. Je l'ai reçue froidement, je l'avoue, si froidement qu'elle en demeura déconcertée. C'est que, lorsque je sors volontairement de chez moi et que je me mêle aux autres, j'accepte de m'intéresser plus ou moins à ces vies étrangères, mais, retiré dans mon trou, j'aime y rester en paix, et ne venez pas alors m'importuner de vos amours et de vos remords.

— Qu'est-ce que je peux faire pour toi ? ai-je dit à Colette qui pleurait. Rien. Je ne comprends pas ce qui te tourmente ainsi. Il dépend de tes parents de donner ou non suite au récit de ce petit imbécile. Va les trouver. Ce ne sont pas des enfants. Ils connaissent la vie. Tu leur diras que tu as eu un amant, que cet amant a tué ton mari… Au fait, comment les choses se sont passées exactement ?

— Cette nuit-là, j'attendais Marc. Jean ne devait rentrer que le lendemain. Jusqu'ici, je

ne comprends pas ce qui s'est passé et pourquoi il a avancé son retour.

— Pourquoi ? Innocente. Parce que quelqu'un l'avait prévenu que tu attendais ton
amant cette nuit-là.

Au mot « amant », elle tressaille chaque fois
et baisse la tête. Je l'entends soupirer doulou-
reusement dans la nuit. Elle a honte. Mais
quel autre mot puis-je dire ?

— Je pense, dit-elle enfin, que c'est la domestique que j'avais alors qui l'a averti. Quoi
qu'il en soit, j'attendais Marc à minuit. Mais
au moment où il traversait la passerelle, mon
mari, qui le guettait, s'est jeté sur lui. Mais
Marc était le plus fort. (Quel inconscient orgueil dans sa voix !) Marc ne voulait pas lui
faire du mal ; il se défendait, seulement. Puis
la colère l'a emporté. Il l'a saisi à bras-le-corps,
il l'a traîné jusqu'à l'endroit où manque le
garde-fou, et il l'a précipité dans l'eau.

— Ce n'était pas la première fois que ce
garçon venait chez toi ?

— Non…

— Tu n'as pas été longtemps fidèle au
pauvre Jean ?

Pas de réponse.

— Tu ne l'as pas épousé contre ton gré,
pourtant ?

— Non. Je l'aimais. Mais l'autre… Le premier jour où je l'ai vu, vous entendez, le premier jour, il aurait fait de moi ce qu'il aurait voulu. Ça vous paraît extraordinaire ?

— Non, va, j'ai connu des cas semblables.

— Vous vous moquez de moi. Mais comprenez donc que je n'étais pas née pour être une mauvaise femme. Si j'étais faite pour avoir des aventures, tout cela me paraîtrait sans doute très simple : un adultère qui a mal fini, voilà tout ! Mais justement, j'étais faite pour avoir la vie de maman, moi, pour avoir le cœur pur, pour vieillir comme elle, noblement, sans doute, sans remords. Et tout à coup… Je me rappelle, j'avais passé la journée avec Jean. Nous étions si heureux. Je suis entrée chez Brigitte Declos. Nous étions liées. Elle était jeune. Je n'avais pas d'amies de mon âge. Et — c'est bizarre — nous nous ressemblons. Je le lui ai dit plusieurs fois ; elle riait, mais sans doute trouvait-elle que j'avais raison, car elle me répondait : « Nous aurions pu être sœurs. » Chez elle, pour la première fois, j'ai rencontré Marc. Et j'ai tout de suite compris qu'elle était sa maîtresse, qu'elle l'aimait et j'ai ressenti… une jalousie étrange. Oui, j'ai été jalouse avant d'être amoureuse. Et jalousie même n'est pas le mot qu'il faut ! Non, j'étais envieuse. J'en-

134

viais désespérément une sorte de bonheur que Jean ne pouvait pas me donner. Pas seulement le bonheur des sens, vous comprenez, mais une fièvre de l'âme, quelque chose d'incomparable à ce que j'avais appelé jusque-là l'amour. Je suis rentrée. J'ai pleuré toute la nuit. Je me faisais horreur. Si Marc m'avait laissée tranquille, j'aurais oublié, mais je lui avais plu, et il n'a pas cessé de me poursuivre. Alors, un jour, quelques semaines après…

— Oui.

— Je savais bien que ça ne pouvait pas durer. Je comprenais qu'il finirait par épouser Brigitte dès que le vieux mari serait mort. Je pensais… et puis non, je ne pensais rien du tout. Je l'aimais. Je me disais que tant que Jean ne savait rien, c'est comme s'il n'y avait rien. Parfois dans mes cauchemars, j'imaginais qu'il saurait, mais plus tard, bien plus tard, quand nous serions vieux. Et il me semblait qu'il me pardonnerait. Mais comment aurais-je pu prévoir cet affreux malheur ? Je l'ai tué. J'ai tué mon mari. C'est à cause de moi qu'il est mort. À force de me répéter cela il me semble que je deviendrai folle.

— Tes larmes ne le feront pas revenir. Calme-toi et songe à éviter le scandale, car, naturellement, une enquête sérieuse fera facilement la vérité. Tout le pays la sait.

— Mais comment éviter le scandale ? Comment ?

— Il ne faut pas que ton père porte plainte, et pour cela il faut qu'il sache…

— Je ne peux pas ! Je ne lui dirai rien ! Je ne peux pas. Je n'ose pas…

— Mais tu es folle ! Mais on dirait que tu as peur de tes parents, de tes parents qui t'aiment.

— Mais comment ne comprenez-vous pas ? Vous qui connaissez leur vie, vous qui savez comme leur entente est admirable, quelle haute idée ils se font de l'amour conjugal, comment voulez-vous que moi, leur fille, j'avoue que j'ai trompé mon mari d'une façon ignoble, que je recevais un homme chez moi quand il partait, et, enfin, que mon amant l'a tué ? Mais ce sera pour eux un coup terrible. Il ne me suffit donc pas d'un malheur sur la conscience ? s'écria-t-elle, et elle éclata en sanglots.

Quand elle fut un peu calmée, je lui demandai encore une fois ce qu'elle me voulait.

— Ne pourriez-vous pas leur dire ?…

— Mais quelle différence y a-t-il ?

— Ah, je ne sais pas ! Mais il me semble que je mourrais si je devais leur avouer moi-même… Vous… Vous leur feriez comprendre que c'était un moment de folie, que je ne suis pas tout à fait mauvaise et dépravée, que je ne comprends pas moi-même comment j'ai pu agir ainsi. Voulez-vous, cher cousin Silvio ?

Je réfléchis et je répondis : « Non. »

La pauvre Colette poussa un cri d'étonnement et de désespoir :

— Non ? Pourquoi non ?

— Pour bien des raisons. D'abord (je ne puis t'expliquer pourquoi, mais je te prie de me croire) si le coup, comme tu dis, venait de moi, ta mère en souffrirait bien davantage. Ne me demande pas pourquoi. Je ne peux pas te le dire. Et enfin, parce que je ne veux pas être mêlé à toutes vos histoires. Je ne veux pas aller de l'un à l'autre membre de la famille avec des consolations, des commentaires, des conseils et des tas de préceptes moraux. Je suis vieux, Colette, et je désire la paix. À mon âge, on éprouve une espèce de froideur… Tu ne peux pas comprendre ça, pas plus que je ne peux comprendre vos amours et vos folies. J'ai beau faire, je ne peux pas voir les choses comme toi. Pour toi, la mort de Jean est une catastrophe épouvantable. Pour moi… j'ai vu tant de morts… c'était un pauvre garçon maladroit et jaloux qui est bien tranquille là où il est. Tu t'accuses d'être la cause de cette mort ? Pour moi, il n'y a pas de causes aux divers événements, autres que le hasard ou la destinée. Ton histoire avec Marc ? Eh bien, vous avez eu du plaisir. Que voulez-vous de plus ? Et tes parents de même, je ne pourrais m'empêcher de dire des vérités qui les étonneront et les affligeront, les bonnes âmes...

Elle m'interrompit :

— Cousin Silvio, parfois il me semble...

Elle hésita à poursuivre. Enfin :

— Vous ne les admirez pas comme je les admire.

— Personne ne mérite d'être admiré avec une telle ferveur. Comme personne ne mérite d'être méprisé avec trop d'indignation...

— Ni d'être aimé avec trop de tendresse...

— Peut-être... Je ne sais pas. L'amour, tu sais... À mon âge, le sang est éteint, on a froid, ai-je répété.

Et Colette, tout à coup, a pris ma main. Pauvre petite ! Comme elle brûlait. Elle a dit doucement :

— Je vous plains.

— Et moi aussi, je te plains, lui dis-je avec sincérité. Tu te tourmentes pour tant de choses.

Nous sommes restés longtemps immobiles. La nuit devenait humide. Les grenouilles criaient.

— Qu'est-ce que vous allez faire quand je serai partie ? a-t-elle demandé.

— Comme tous les soirs.

— Mais encore ?…

— Eh bien, je fermerai la barrière. Je mettrai les verrous aux portes. Je remonterai l'horloge. Je prendrai mes cartes et je ferai une, deux, trois patiences. Je boirai un verre. Je ne penserai à rien. Je me coucherai. Je ne dormirai pas beaucoup. Je rêverai tout éveillé. Je reverrai des choses et des gens d'autrefois. Toi, tu vas rentrer, tu vas te désespérer, tu vas pleurer, tu vas demander pardon à la photo du pauvre Jean, regretter le passé, trembler pour l'avenir. Je ne sais qui de toi ou de moi aura la meilleure nuit.

Elle se tut un instant.

— Je m'en vais, a-t-elle murmuré avec un soupir.

Je l'ai accompagnée jusqu'à la barrière. Elle a pris sa bicyclette, et elle est partie.

Plus tard, Colette me raconta qu'elle n'était pas rentrée chez elle, qu'elle avait poursuivi son chemin vers Coudray. Dans l'état de folle exaltation où elle se trouvait alors, il lui fallait, à toutes forces, agir d'une manière quelconque, tromper son chagrin. Tandis que je lui parlais, me dit-elle, elle songea qu'après elle, et même avant elle, la plus intéressée à éviter un scandale était Brigitte Declos, la fiancée de Marc. Elle avait résolu d'aller la trouver, de lui raconter ce qui s'était passé et de lui demander conseil. Brigitte connaissait-elle dans tous ses détails la mort de Jean ? Sans doute, elle avait deviné bien des choses. En tous les cas, l'histoire datait de deux années déjà ; Marc et Colette ne se voyaient plus. Elle ne serait pas jalouse du passé. Elle ne songerait qu'à sauver cet homme qu'elle allait épouser dans deux semaines. Peut-être Colette n'était-elle pas fâchée de troubler un peu ce bonheur-là ? De toute façon, leurs intérêts à tous trois étaient liés. Elle se rendit donc chez Brigitte, qui avait dîné dans la famille de son fiancé et qui était seule maintenant.

Elle lui dit que Marc courait un grand danger.

Brigitte comprit aussitôt. Elle devint très pâle et demanda ce qu'il y avait.

— Est-ce que vous saviez que c'est Marc qui a tué mon mari ? demanda brutalement Colette.

L'autre dit :

— Oui.

— Il vous l'a avoué, alors ?

— Il n'avait pas besoin de me l'avouer. Je l'ai deviné la même nuit.

— Ce fut alors, dit Colette, que je pensai tout à coup : Mais c'est elle qui a averti Jean. Elle savait, sans nul doute, que Marc la trompait avec moi. Elle s'est dit : « Le mari saura bien les séparer. » Elle savait qu'il était timide, et faible physiquement. Elle n'aurait jamais songé qu'il s'attaquerait ainsi à Marc. Elle imaginait plutôt une explication entre nous, ma peur du scandale, le souci que j'aurais eu de ne pas affliger mes parents, un état de choses tel que fatalement je quitterais Marc. Elle ne voulait pas autre chose. Pour elle aussi la mort de Jean a été un coup terrible et inattendu.

Aux questions de Colette, elle se défendit d'abord, puis finit par répondre qu'effectivement elle avait écrit à Jean l'avant-veille de sa mort, « signant en toutes lettres, je vous le jure », lui affirmant que Colette, la nuit, recevrait Marc Ohnet chez elle.

— Si j'avais pu prévoir… Nous sommes toutes deux terriblement punies. Ne m'enviez pas. J'ai gardé mon amant, mais songez à nos angoisses. Songez à ce qu'il risque. En province, les tribunaux n'ont pas d'indulgence pour les crimes passionnels. Il aura beau invoquer le cas de légitime défense, qui sait si on le croira ? Qui sait si on n'imaginera pas je ne sais quel guet-apens pour se débarrasser du mari ? Et même en cas d'acquittement, que deviendra notre existence dans ce pays où tout le monde me déteste, et où il n'est pas aimé davantage. Or, tous nos intérêts sont dans ce pays.

Colette dit :

— Vous n'êtes pas mariés, encore. Vous pouvez vous séparer.

— Non, répondit Brigitte, je l'aime, et ce malheur est arrivé en grande partie par ma faute. Je n'abandonnerai pas mon amant parce qu'il est malheureux. Il faut obtenir que votre père ne porte pas plainte. Si rien n'est formulé, personne ne parlera. Il s'agira d'être courageux et de faire face à toutes les insinuations, à toutes les curiosités. Nous pouvons faire cela.

Elles parlèrent longtemps ensemble, presque toute la nuit, « presque avec amitié », dit Colette. Toutes deux aimaient ce garçon et désiraient le sauver. Colette tremblait aussi pour ses parents et pour son fils. Elle finit par dire :

— Vous avez raison. Il faut que papa et maman sachent la vérité. Mais c'est affreux pour moi. Je ne peux pas leur dire. Ils ne comprendront pas. Ils seront désespérés. Quand je me trouverai en face d'eux, quand je verrai leurs chers vieux visages, honnêtes, j'aurai tellement honte que les mots ne sortiront pas de ma bouche.

Brigitte s'était tue longtemps. Enfin, elle avait regardé l'heure et dit :

— Il est très tard. Rentrez maintenant. Demain matin, sous un prétexte quelconque, partez de chez vous. Restez absente quelques jours. Moi, j'irai trouver vos parents, et je leur raconterai ce qui s'est passé. Ce sera peut-être plus simple que vous ne croyez.

—J'ai pensé, me dit Colette, que mes parents préféreraient entendre la vérité d'une autre bouche que la mienne. Il y a entre parents et enfants une telle pudeur... Quand j'étais petite j'avais honte de voir ma mère nue. J'avais honte, de même, de laisser voir des pensées qui me semblaient coupables et que je confiais sans hésiter à n'importe quelle petite camarade ou à ma vieille bonne. Mes parents, c'étaient des êtres à part, au-dessus des faiblesses humaines, et ils le sont restés. Je pensais : « Ils sauront tout, mais je demeurerai absente plusieurs jours. Ils auront le temps de se ressaisir. Quand je rentrerai, ils comprendront qu'il ne faut me parler de rien, jamais. Ils se tairont. Ils savent si bien se taire. Et cette affreuse histoire sera comme si elle n'avait jamais été. »

Le lendemain matin, je vis arriver François et Hélène ; Hélène était atterrée ; quoiqu'elle n'eût pas le moindre soupçon de la vérité elle répugnait à porter plainte, disant que cela ferait inutilement souffrir sa fille, mais François, véritable bourgeois respectueux de la légalité, considérait qu'il était de son devoir de porter plainte.

— C'est quelque rôdeur, quelque ivrogne attardé qui aura fait le coup. Peut-être un des Polonais qui travaillent dans les fermes. Quoi qu'il en soit, songe qu'un homme qui s'est rendu coupable d'un crime et qui a été impuni pourra toujours céder à une seconde tentation de vol ou de meurtre. Nous en serions indirectement responsables. Si du sang innocent est versé de nouveau, cela sera en partie notre faute.

— Que dit Colette ? demandai-je.

— Colette ? Elle est partie, figurez-vous, répondit Hélène. Elle s'est fait conduire à la gare ce matin ; elle a pris le train de huit heures pour Nevers. Elle m'a laissé un petit mot pour me dire qu'elle ne voulait pas me réveiller, qu'elle avait cassé la veille le petit miroir Empire qui lui vient de Jean, qu'elle désirait le faire réparer aussitôt, qu'elle en profiterait pour aller voir une amie de pension à Nevers et qu'elle reviendrait dans deux ou trois jours. Naturellement, nous l'attendrons pour décider ce qu'il convient de faire. Pauvre petite ! Cette histoire de miroir cassé est un prétexte ! En réalité, elle a été frappée par le récit de ce gamin et elle a voulu s'éloigner de ce pays qui lui rappelle de si tristes souvenirs, peut-être pour ne pas entendre prononcer le nom de Jean. Elle était ainsi quand elle était enfant. Quand sa grand-mère est morte, chaque fois que je parlais de la pauvre femme, Colette se levait et quittait la pièce. Un jour, comme je lui en demandais la raison, elle m'a dit : « Je ne peux pas m'empêcher de pleurer, et je ne veux pas pleurer devant le monde. »

Elle a voulu gagner du temps, me dis-je, et peut-être leur écrira-t-elle la vérité de Nevers. Cela lui évitera cette confession directe qu'elle redoute tant.

Je pensais aussi qu'elle avait pu consulter un prêtre. J'appris plus tard qu'elle l'avait fait depuis longtemps et que le prêtre lui avait recommandé de dire aux siens ce qui s'était passé, ajoutant que c'était un juste châtiment de sa faute. Mais la peur de faire souffrir les parents qu'elle adorait lui avait fermé la bouche. Enfin, j'imaginais toutes sortes de raisons au départ de Colette, mais naturellement je ne pouvais deviner qu'elle avait mêlé Brigitte Declos à l'histoire.

— Je crois, dis-je à François, qu'Hélène a raison ; Colette souffrira beaucoup de voir la justice examiner la vie privée de son mari et la sienne.

— Mon Dieu ! Les pauvres enfants ! Ils n'avaient rien à cacher !

— Quant au meurtrier (s'il y en a un, si le gamin n'a pas menti), il a sans doute quitté le pays depuis longtemps.

Mais François secoua la tête.

— Ce n'est pas cela qui l'empêchera de commettre un second crime, le jour où il y sera poussé par le besoin ou l'ivresse. S'il tue quelqu'un ailleurs qu'ici, en quoi ma responsabilité en sera-t-elle amoindrie ? Je réponds devant ma conscience de ce qu'il pourra faire, que ce soit en Saône-et-Loire, dans le Lot-et-Garonne, dans le Nord ou dans le Midi.

Il regarda sa femme.

— Je ne comprends même pas comment ça peut se discuter. Tu m'étonnes, Hélène. Comment toi, qui as l'esprit si droit et si pur, tu ne sens pas ce qu'il y a de dégradant dans l'idée de couvrir une mauvaise action, simplement parce que cela nuirait à notre repos ?

— Pas au nôtre, François, à celui de notre enfant.

— Le devoir n'a rien à voir avec l'amour paternel ou maternel, répliqua doucement François. Mais à quoi bon discuter ? Colette reviendra. Nous parlerons longuement de tout cela, et je suis sûr qu'elle se rendra à mes raisons.

L'heure avançait ; ils rentrèrent chez eux ; ils étaient venus à pied jusqu'à Mont-Tharaud et ils m'offrirent de les accompagner. Tout le long du trajet nous évitâmes d'un commun accord de parler des enfants, mais je voyais bien qu'ils ne pensaient qu'au triste événement et à ce coup de théâtre de la veille.

Hélène m'invita à déjeuner. J'acceptai. Nous avions à peine fini de manger que quelqu'un sonna. La bonne annonça Mme Brigitte Declos.

— Elle demande à parler à monsieur et à madame, ajouta-t-elle.

Hélène pâlit excessivement. Quant à François il parut surpris, mais comme nous nous tenions dans le petit bureau où on venait de nous servir le café, il dit à la bonne de faire entrer la visiteuse et se leva pour l'accueillir.

Ce bureau est une petite pièce charmante, pleine de livres avec deux grandes bergères au coin du feu. Là, depuis plus de vingt ans, mes cousins passent leurs calmes soirées, lui avec un livre, dans un fauteuil ; elle, dans l'autre, un ouvrage aux doigts ; entre eux, l'horloge qui bat comme un cœur sans remords, lentement et paisiblement — l'image de la félicité conjugale.

Brigitte entra et jeta autour d'elle un regard curieux : elle ne connaissait pas cette pièce dans la maison de mes cousins, ne les ayant visités qu'une fois, le jour du mariage de Colette ; elle n'était pas allée plus loin que le salon, cérémonieux et sombre. Ici, tout parlait de bonheur et d'un profond et mutuel amour. Les hommes mentent, mais des fleurs, des livres, des portraits, des lampes, un air usé et doux sur toutes choses sont plus sincères que des visages. Autrefois, j'ai souvent examiné toutes ces choses et pensé : « Ils sont heureux l'un par l'autre. Le passé est comme s'il n'avait jamais été. Ils sont heureux et ils s'aiment. »

Plus tard, c'était tellement évident que j'avais cessé même d'y songer, et, d'ailleurs, cela ne m'intéressait plus.

Brigitte me parut pâle et maigrie ; elle était moins… animale, si je puis dire, et plus femme. Je veux dire qu'elle avait perdu l'insolente assurance du bonheur ; elle semblait inquiète et il y avait dans les regards qu'elle jetait autour d'elle quelque chose d'inexplicable, comme un défi, un ressentiment et, en même temps, de la curiosité et de l'angoisse. Elle refusa la tasse de café qu'Hélène machinalement lui offrit et, d'une voix basse et un peu tremblante, dit :

— Je suis venu vous supplier, monsieur Érard, de ne pas donner suite à vos projets, de ne pas saisir la justice, à propos de la mort de votre gendre. C'est très grave. Si la vérité était connue, il ne pourrait en résulter que de nouveaux malheurs.

— De nouveaux malheurs ? Pour qui ?

— Pour vous.

— Vous savez qui a tué Jean ?

— Oui. C'est Marc Ohnet, mon fiancé.

François se leva et commença à marcher avec agitation dans la pièce. Hélène demeurait muette. Brigitte attendit un instant et, voyant que ni l'un ni l'autre ne parlait, elle poursuivit :

— Nous allons nous marier dans quelques jours. Nous nous aimons. Cela serait un scandale terrible qui briserait nos vies et ne ferait pas revenir votre malheureux gendre.

— Mais, madame, s'exclama François, songez-vous à ce que vous dites ?... Mais que le meurtrier soit un chemineau, un vagabond quelconque ou Marc Ohnet, votre fiancé, cela ne change rien au crime, et l'homme qui l'a commis doit être jugé. Comment ? Vous osez m'implorer au nom de votre bonheur, vous qui avez détruit celui de ma fille ? Ces deux hommes se sont disputés à cause de vous, je suppose ? Vous étiez courtisée par l'un et par l'autre, peut-être ?

Ce bon François n'a qu'un défaut : peu habitué au monde, il s'exprime, comme dit le peuple, « comme un livre » lorsqu'il est fortement ému. Je ne sais pourquoi, cela ne m'avait jamais frappé comme aujourd'hui. Je ne pus m'empêcher de sourire et Brigitte, elle aussi, sourit : il y avait peu de bienveillance dans son sourire.

— Monsieur Érard. Je vous jure que ces deux hommes ne se sont pas disputés à cause de moi et que jamais Jean Dorin ne m'a fait la cour. Vous le calomniez. Il était fidèle à sa femme, et moi, je n'aurais certes pas fait attention à lui. Je suis la maîtresse de Marc Ohnet depuis quatre ans. Je n'aime et je n'ai aimé que lui.

Elle le regardait d'un air de bravade qui exaspéra François.

— Vous n'avez pas honte ? demanda-t-il.

— Honte ? Pourquoi ?

— Comme on a honte lorsqu'on commet une mauvaise action, répondit-il froidement. Votre mari était vieux, mais vous aviez le devoir de le respecter. Il est ignoble d'avoir trompé cet homme qui vous a pris avec rien, qui vous gâtait et vous aimait, et qui vous a laissé une fortune. Avec son argent, vous vous payez un jeune amoureux…

— L'argent n'a rien à voir avec ça.

— L'argent a toujours quelque chose à voir avec ça, madame. Je suis un vieil homme, et vous êtes une enfant. Vos affaires, certes, ne me regardent pas, mais puisque vous jugez à propos de vous confier à moi, permettez-moi de vous faire toucher du doigt cette laideur que vous ne voyez pas, peut-être ? Vous avez trompé indignement votre mari. Il vous laisse une fortune. Votre fiancé et vous, vous vivrez de cette fortune. Joli couple ! Et, entre vous, le souvenir d'un crime… puisque vous me dites que ce malheureux a tué notre pauvre Jean. Quel bel avenir vous vous préparez, madame !

154

Vous êtes jeune à présent. Vous ne voyez que votre plaisir. Pensez à ce que sera pour vous deux la vieillesse.

— Aussi paisible que la vôtre, fit-elle à voix basse.

— Non.

— Vous êtes sûr ?

Son ton était si étrange qu'Hélène fit un mouvement vers elle et poussa une sorte de soupir plaintif. Brigitte sembla hésiter, puis :

— Vous êtes d'une moralité irréprochable, dit-elle. Pourtant, est-ce que Mme Érard n'était pas veuve lorsque vous l'avez épousée ?

— Qu'allez-vous chercher là ? Comment osez-vous vous comparer à ma femme ?

— Je ne l'insulte pas, répondit-elle du même ton bas et monotone, je demande seulement… Mme Érard avait épousé comme moi, en premières noces, un vieux mari malade. Elle lui a été fidèle, qu'elle me dise donc si cette fidélité a toujours été facile et agréable ?

— Je n'aimais pas mon premier mari, c'est vrai, dit Hélène, mais je ne l'avais pas épousé contre mon gré. Je n'avais donc pas à me plaindre, vous non plus…

— Il y a bien des choses qui forcent notre volonté, dit Brigitte amèrement : la pauvreté, par exemple, l'abandon…

— Oh, l'abandon…

— Oui, parfaitement. Croyez-vous que je n'aie pas été abandonnée ?

— Mlle Coudray…

— Mlle Coudray a fait pour moi ce qu'elle a pu : elle a remplacé ma mère. N'empêche que ma mère ne s'est pas souciée de moi. Quand je suis restée seule, elle n'a pas donné signe de vie. Alors, le premier homme qui s'est présenté… Croyez-vous qu'une fille de vingt ans épouse de bon cœur un vieux paysan de soixante ? Un vieillard dur et avare ? De bon gré ? Vous dites, de bon gré. Et votre fille à vous, votre fille *légale* (elle appuya sur le mot), Colette, a bien épousé Jean Dorin de bon gré, ce qui ne l'a pas empêchée d'être la maîtresse de Marc Ohnet. Demandez-le-lui ; elle vous racontera comment elle laissait Marc venir chez elle la nuit, comment son mari en a été averti et comment il est mort.

Elle dit ce qui s'était passé. François et Hélène l'écoutaient avec stupeur. Comme des larmes coulaient sur le visage d'Hélène, Brigitte demanda :

— Vous pleurez à cause de votre fille ? Tranquillisez-vous, allez. Elle oubliera, toutes ces choses s'oublient. On vit très bien avec le souvenir d'une mauvaise action, comme vous dites, et même d'un crime. Vous avez bien vécu, ajouta-t-elle en se tournant vers Hélène.

— Oh, un crime, protesta faiblement la pauvre femme.

— J'appelle un crime : avoir un enfant et l'abandonner. En tout cas, c'est pire que tromper un vieux mari qu'on n'aime pas. Qu'en pensez-vous, monsieur Érard ?

— Que voulez-vous dire ?

Hélène, qui tremblait mais qui avait retrouvé un calme admirable, fit signe à Brigitte de se taire. Elle se tourna vers son mari :

— Puisque tu dois le savoir, je préfère que ce soit par moi seule. Cette enfant a le droit de parler comme elle le fait : j'ai eu un amant avant notre mariage (elle rougit péniblement sous ses rides), une aventure qui n'a duré que quelques semaines ; j'ai eu une petite fille. Je ne voulais pas t'avouer ce qui s'est passé, ni t'imposer la présence de cette enfant. Mais je n'ai pas voulu l'abandonner non plus. Oui, malgré ce qu'elle dit, je n'ai jamais voulu l'abandonner. Ma demi-sœur, Cécile Coudray, était libre et seule ; elle s'est chargée de Brigitte. Je la croyais heureuse. Peu à peu…

Elle se tut.

— Peu à peu, vous m'avez oubliée, dit Brigitte. Moi, j'ai toujours su… Un jour, vous êtes entrée à Coudray avec votre mari et Colette qui était encore petite. Elle pleurait ; elle avait soif. Vous l'avez prise sur vos genoux ; vous l'avez embrassée. Elle avait une si jolie petite robe, une chaîne d'or au cou… Et moi… comme j'ai été jalouse. Vous ne m'avez pas regardée…

— Je n'osais pas. J'avais tellement peur de me trahir…

— Ce n'est pas vrai, dit Brigitte, simplement, vous m'aviez oubliée. Moi, j'ai toujours su. Cécile me l'a dit. Elle vous détestait, votre sœur Cécile. Elle vous détestait presque sans le savoir. Vous étiez plus jeune, plus jolie, plus heureuse qu'elle. Car vous avez été heureuse. Vous voyez bien. Alors, laissez-moi faire comme vous. Ne soyez pas trop sévère envers Colette, qui vous croit une sainte, qui serait morte plutôt que de se montrer à vous telle qu'elle est. Moi, j'ai moins de pudeur. Vous ne porterez pas plainte, n'est-ce pas, monsieur Érard ? Ce sont des histoires de famille et qui doivent rester entre nous.

Elle attendit une réponse qui ne vint pas. Elle se leva, ramassa posément son sac, ses gants, marcha jusqu'à la glace au-dessus de la cheminée et arrangea son chapeau. À ce moment la bonne vint desservir le café. Prévenante, curieuse. Puis Hélène accompagna la jeune femme à travers le jardin jusqu'à la grille.

— Je n'ai rien à faire ici, dis-je. Mes enfants, vous allez prononcer des paroles que vous regretterez ensuite.

Hélène me jeta un regard profond :

— Ne craignez rien, Silvio.

François me laissa partir sans répondre à mon adieu. Il n'avait pas bougé, il paraissait tout à coup très âgé et quelque chose de fragile qu'il a dans les traits s'était accusé encore ; il avait l'air d'un homme touché à mort.

Je les quittai, mais je ne rentrai pas chez moi. Mon cœur battait comme il n'avait jamais battu. Tout le passé reprenait vie. Il me semblait que j'avais dormi pendant vingt ans, et que je me réveillais pour reprendre la lecture à l'endroit où je l'avais laissée. Machinalement, je gagnai le banc qui est sous la fenêtre du bureau et d'où je pouvais entendre chacune de leurs paroles. Pendant très longtemps je n'entendis rien. Puis il l'appela :

— Hélène…

J'étais à demi caché par le grand buisson de roses. Mais je pouvais voir l'intérieur de la chambre. Je voyais le mari et la femme assis l'un près de l'autre, se tenant la main ; ils

159

n'avaient pas échangé une parole. Un seul baiser, un regard entre eux avaient effacé le péché. Pourtant, il l'interrogea très bas, avec honte :

— Qui ?

— Il est mort.

— Je le connaissais ?

— Non.

— Mais tu l'as aimé ?

— Non. Je n'ai aimé que toi. C'était avant notre mariage.

— Mais nous nous aimions déjà. Moi, du moins, je t'aimais déjà.

— Comment veux-tu que je t'explique ce qui s'est passé ? s'écria-t-elle. Il y a plus de vingt ans. Pendant quelques jours, je n'ai pas été « moi ». C'est comme si... comme si quelqu'un avait fait irruption dans ma vie et avait vécu à ma place. Cette malheureuse petite m'accuse d'avoir oublié. Mais c'est vrai, j'ai oublié ! Pas les faits, naturellement. Pas ces mois affreux qui ont précédé sa naissance, ni sa naissance elle-même, ni cette aventure... Mais les mobiles qui m'ont fait agir. Je ne les comprends plus. C'est comme une langue étrangère qu'on a sue et qu'on a oubliée.

Elle parlait avec fièvre, très vite et très bas.

J'écoutais avec une attention passionnée,

mais certaines paroles m'échappaient. J'entendis encore :

— … S'aimer comme nous nous aimons… et découvrir une autre femme.

— Mais c'est la même, François ! François, mon chéri… C'est l'amant qui a eu une femme fausse, différente de la vraie, un masque, un mensonge. La vérité, toi seul la possèdes. Regarde-moi. C'est ton Hélène qui te fait la vie douce, qui a dormi dans tes bras toutes les nuits depuis vingt ans, celle qui s'occupe de ta maison, celle qui sent ton mal à distance et en souffre plus que toi, celle qui a passé les quatre ans de guerre à trembler pour toi, à ne penser qu'à toi, qu'à t'attendre.

Elle s'interrompit, et il y eut un long silence. Retenant mon souffle je me glissai hors de ma cachette. Je traversai le jardin. Je gagnai la route. Je marchais vite, et il me semblait qu'une chaleur oubliée renaissait dans mes os. C'était étrange : Hélène, depuis si longtemps, avait cessé d'être une femme pour moi. Il m'arrive parfois de songer à une petite négresse que j'avais au Congo, et à cette Anglaise rousse, une peau comme du lait, qui a vécu deux ans avec moi quand j'étais au Canada… Mais Hélène ! Hier encore, il m'aurait fallu un certain effort, de l'esprit pour me dire : « Mais, au fait, oui, Hélène !… » Comme ces parchemins d'autrefois où les Anciens avaient écrit de voluptueux récits et que les moines avaient grattés patiemment plus tard pour y tracer quelque Vie de saint entourée d'enluminures naïves. La femme d'il y a vingt ans avait à jamais disparu sous l'Hélène d'aujourd'hui. La seule vraie, disait-elle. Je me surpris à dire tout haut : « Non ! Elle ment ! »

Ensuite, je me raillai d'être si ému. En somme, quelle est la question : « Qui connaît la vraie femme ? L'amant ou le mari ? Sont-elles vraiment si différentes l'une de l'autre ? Ou subtilement mêlées et inséparables ? Sont-elles pétries de deux substances qui réunies en forment une troisième qui ne ressemble alors à aucune des deux autres ? » Ce qui reviendrait à dire que la vraie femme, ni le mari ni l'amant ne la connaissent. Et pourtant, il s'agit de la plus simple femme. Mais j'ai assez vécu pour savoir qu'il n'est pas de cœurs simples.

Non loin de chez moi, j'ai rencontré un de mes voisins, le père Jault, qui ramenait ses vaches. Nous avons fait un bout de chemin ensemble. Je savais bien qu'il avait une question sur le bout de la langue et qu'il hésitait à la poser. Tout de même il s'est décidé au moment où j'allais le quitter pour rentrer chez moi. Il frappait distraitement sur le flanc de la vache, une belle bête rousse aux cornes en forme de lyre.

— C'est vrai ce qu'on raconte, que Mme Declos va vendre son bien ?

— Je n'en ai pas entendu parler.

Il parut déçu.

— Mais ils pourront point vivre au pays.

— Pourquoi ?

À ma question, il marmotta vaguement :

— Ça vaudrait mieux.

Puis :

— On dit que M. Érard a l'intention de porter plainte ? Que M. Dorin serait mort d'un mauvais coup et que le Marc Ohnet serait mêlé à l'affaire.

Je répondis :

— Certainement non. M. Érard est un homme bien trop prudent pour alerter la justice sans avoir d'autres preuves que les racontars d'un petit gars de ferme. Je vous en parle parce que vous me paraissez bien au courant de la chose, père Jault. N'oubliez pas qu'un homme accusé injustement peut attaquer à son tour ceux qui ont mal parlé de lui, sans preuves. Vous avez compris ?

Il leva sa houssine et rassembla ses bêtes autour de lui.

— On ne peut pas empêcher les gens de parler, dit-il simplement. Bien sûr que personne ici ne voudra être mêlé à des affaires de justice. Si la famille ne bouge pas, personne ne le fera à sa place, c'est sûr. Mais vous qui connaissez Mme Declos et le Marc Ohnet...

— Je les connais très peu...

— Dites-leur donc de vendre le bien et de partir. Ça vaudra mieux.

Il toucha sa casquette du bout des doigts, murmura « salut » et s'éloigna. C'était le soir.

Je suis rentré chez moi si tard, après une si longue station au cabaret du village que la servante était inquiète. J'avais bu. Il ne m'arrive pour ainsi dire jamais de m'enivrer. Je ne suis pas ennemi de la bouteille, et dans la sauvage solitude où je vis, elle est ma compagne ; elle m'apaise comme le ferait une femme. Mais je suis l'héritier d'une longue lignée de paysans bourguignons qui ont sifflé leur litre par repas comme du petit-lait, et je garde toujours la tête froide. Ce soir, pourtant, je n'étais pas dans mon état ordinaire. Le vin, au lieu de me calmer, me mettait la cervelle à l'envers, m'inspirait une sorte de rage. Comme par un fait exprès, jamais ma vieille servante n'avait été aussi lente. Je souhaitais son départ, comme si j'attendais quelqu'un. Effectivement, j'attendais ma jeunesse. Il viendrait plus souvent à nous, le souvenir des années écoulées, si nous

nous tournions vers lui, vers cette suprême douceur. Mais nous le laissons dormir en nous, et pire que cela ! mourir, se corrompre, si bien que ces généreux mouvements de l'âme qui nous soulèvent à vingt ans, plus tard nous les appelons naïveté, sottise… Nos amours pures, brûlantes, prennent l'apparence dégradante des plus vils plaisirs. Ce soir, ce n'était pas ma mémoire seule qui retrouvait le passé, mais mon cœur lui-même. Cette colère, cette impatience, ce vif appétit de bonheur, je les reconnaissais. Pourtant ce n'était pas une femme vivante qui m'attendait, mais une ombre, faite de la même étoffe que mes rêves. Un souvenir. Rien de palpable, rien de chaud : et qu'as-tu besoin de chaleur, vieux bonhomme au cœur sec ? Je regarde ma maison, et je suis atterré. Moi, si ambitieux, si actif jadis, c'est moi qui peux vivre ainsi, traînant jour après jour, de mon lit jusqu'à ma table, puis à mon lit de nouveau ? Comment puis-je vivre ainsi ? Je n'existe plus. Je ne pense plus à rien, je n'aime plus rien, je ne désire rien. Il n'y a ni journaux ni livres chez moi. Je m'endors au coin de mon feu, je fume ma pipe. Je caresse le chien. Je parle avec la servante. C'est tout, il n'y a rien d'autre. Reviens, ma jeunesse, reviens. Parle par ma bouche. Dis à cette Hélène si raisonnable, si vertueuse, qu'elle a menti. Dis-lui que son amant n'est pas mort, qu'elle m'a enterré bien vite, mais que je suis bien vivant, que je me rappelle tout. Elle a menti ! La vraie femme enclose en elle, la femme ardente, gaie, hardie, aimant son plaisir, c'est moi qui l'ai connue, moi, moi seul ! François n'en a qu'une pâle et froide image, aussi fausse qu'une épitaphe sur une tombe, mais moi, j'ai possédé ce qui est mort maintenant, moi j'ai possédé sa jeunesse.

Voyons… ce dernier verre de vin m'a mis dans un état d'exaltation étrange. Il faut me maîtriser. La servante me regarde avec étonnement. Depuis longtemps la soupe est sur la table, et je demeure assis dans le grand fauteuil de paille à la cuisine, griffonnant, fumant, repoussant parfois d'un coup de pied le chien qui quête une caresse. D'abord, il me faut être seul. Je ne sais pas pourquoi. Je ne supporterai pas ce soir chez moi une présence humaine. Je ne veux que des fantômes… Je n'ai pas faim ; je dis à Louise de desservir et de s'en aller. Elle ferme les poules. Tous ces bruits familiers… Le volet qui miaule, le loquet qui grince, le seau qui descend dans le puits, avec de longs soupirs, et va garder jusqu'à demain dans l'eau fraîche la bouteille de vin blanc et la motte de beurre. Je repousse la bouteille restée près de moi. Je la repousse, puis je me ravise ; je la reprends, j'emplis mon verre : le vin donne une lucidité extrême à ma pensée. Et maintenant, Hélène, à nous deux !

C'est bien toi, c'est bien d'une femme vertueuse de dire à son époux que ce n'était qu'un moment de folie, ce qui s'est passé il y a vingt ans. Voire ! Un moment de folie ! Moi je dis que c'est alors seulement que tu as vécu et que depuis tu as fait semblant, tu as fait les gestes de la vie, mais la saveur véritable, ce que l'on ne goûte qu'une seule fois — tu sais ce goût de fruit qu'ont les jeunes lèvres — tu l'as connue grâce à moi, grâce à moi seul. « Pauvre vieux Silvio, mon bon ami, pauvre Silvio dans son trou à rats. » Mais c'est vrai que tu m'avais oublié ? Il faut être juste. Moi aussi, je t'avais oubliée. Il a fallu les paroles de la petite, et le désespoir et la honte vaine de la pauvre Colette, hier, et aussi, et surtout l'excès de vin pour que je te retrouve. Mais, du moment que tu es là, je ne lâcherai pas de sitôt, tu peux être sûre. La vérité, tu l'entendras de moi, comme tu l'as entendue dans le temps quand moi, le premier, je te faisais comprendre la beauté de ton corps et quelle source merveilleuse de bonheur il était pour toi. (Tu ne voulais pas, tu étais timide et chaste, alors… Un baiser, oui, mais pas autre chose… Tout de même, tu as cédé. Et quelle maîtresse tu as été.) Et comme nous nous aimions… Car tu comprends, c'est très commode de dire : « Ç'a été un moment d'égarement, quelques semaines de folie, je m'en souviens avec horreur. » Mais tu n'effaceras pas la vérité, et la vérité c'est que nous nous sommes aimés. Tu m'as aimé jusqu'à oublier l'existence même de François, jusqu'à consentir à tout plutôt que de me perdre. Oh, oui, tout à l'heure, ton honnête figure de femme vieillissante, de bonne mère de famille, ton expression atterrée lorsque tu as appris que ta fille Colette recevait un homme chez elle, dans cet idyllique Moulin-Neuf, en l'absence de son mari ! Eh bien, et toi ? Elle a de qui tenir, ta fille ! Et l'autre aussi, elle tient de nous deux. Ce sont des créatures vivantes, et nous depuis vingt ans nous sommes morts, puisque nous n'aimons plus rien, voilà la vérité. Car ce n'est pas à moi que tu vas raconter que tu aimes François, n'est-ce pas ? Oui, c'est ton ami, ton époux, vous êtes habitués à être ensemble. Vous pourriez vivre comme frère et sœur. En fait, certainement depuis la naissance de Loulou, vous vivez comme frère et sœur, mais tu ne l'as jamais aimé, tu m'as aimé moi. Tiens, écoute, viens à côté de moi, rappelle-toi ! Es-tu donc devenue hypocrite ? Mais non, c'est bien ce que je pensais, tu es autre, comment disais-tu ?... À vingt ans quelqu'un fait irruption dans notre vie. Oui, un étranger bondissant, ailé, radieux, qui allume notre sang, dévaste notre vie et s'en va, disparaît. Eh bien moi, je veux le ressusciter cet étranger. Écoute-le. Regarde-le. Tu ne le reconnais pas ? Te rappelles-tu le grand corridor blanc et froid, et ton vieux mari (pas François, le premier, celui qui est mort depuis si longtemps, celui dont personne ne prononce plus le nom), ton mari dans son lit, avec la porte de sa chambre entrouverte, car il était jaloux et méfiant, et comme nous embrassions, toi et moi, cette grande ombre projetée sur le plafond par la lumière de la lampe, cette ombre que je revois parfois dans mes rêves, qui était toi et qui était moi, pensions-nous. En réalité ce n'était ni l'un ni l'autre, mais le visage de l'étranger, semblable à nous, et différent de nous et depuis si longtemps disparu !

Hélène, mon amie, te souviens-tu du premier jour où nous nous sommes rencontrés ? François t'a connue gamine, lui. Lorsque

Colette était fiancée et que vous buviez du punch chez moi, François a parlé de votre passé. Il ne me concerne pas. Moi, je ne t'ai pas connue enfant, mais femme, liée à un vieux mari, n'attendant que sa mort pour épouser François. Il était alors absent, à l'étranger. Il avait un poste de lecteur français dans une université de Bohême. Moi, je revenais d'un long voyage. Toi, tu étais belle et jeune, et tu t'ennuyais. Mais attends. Mettons de l'ordre dans nos souvenirs.

Le premier mari d'Hélène était un Montrifaut, un cousin de ma mère. Je vivais en Afrique lorsque Hélène s'est mariée. Cela se passait avant la guerre de 1914. Hélène était encore une enfant au moment de mon départ. Pourtant, je me souviens que lorsque ma mère me fit part de ce mariage — la chère femme m'écrivait toutes les semaines une sorte de journal où elle ne me parlait que de choses et de gens du pays, sans doute pour m'inspirer une sorte de nostalgie et le désir du retour — je me souviens que je pensai longuement à cette enfant à demi inconnue. Je me rappelle la nuit étouffante, la case, la lampe-tempête qui charbonnait dans un coin, les lézards poursuivant les mouches sur les murs blancs, ma négresse Fifé avec son turban vert. Je lisais ma lettre ; je rêvai ; j'imaginai cette union si mal assortie et je dis tout à coup, tout haut : « C'est dommage. »

S'il est impossible de prévoir l'avenir, je crois que certains sentiments très violents s'annoncent des mois, des années à l'avance par un frémissement étrange du cœur. Par exemple cette tristesse funeste que j'ai toujours éprouvée dans les gares à l'heure où la nuit tombe, je ne l'ai comprise, je ne l'ai *reconnue* que des années plus tard, pendant la guerre, dans ces gares de triage où, soldat, j'attendais le train qui me ramènerait sur le front. De même l'amour, des années avant d'entrer dans ma vie a passé sur mon cœur, comme un souffle. Cette nuit-là en Afrique, j'avais chaud, j'avais soif, j'avais un accès de fièvre, je somnolais, je m'endormais, et, dans mon rêve, j'étais avec une femme, une Française, une jeune fille de mon pays. Mais chaque fois que je m'approchais d'elle, elle s'enfuyait. Je tendais les bras et, un instant, je touchais des joues fraîches, couvertes de larmes. Je pensai : « Pourquoi cette jeune fille pleure-t-elle ? Pourquoi ne se laisse-t-elle pas embrasser ? » Je voulais l'attirer contre moi ; elle disparaissait, et je la cherchais parmi une foule qui était celle des dimanches de province à l'église, une foule de paysans vêtus de grandes blouses noires. Je me souviens même de ce détail : un vent violent, soufflant

174

on ne savait d'où, gonflait ces blouses comme des voiles. À mon réveil, et quoique en songe le visage de la jeune femme fût demeuré caché à mes yeux, je me dis : « Tiens, j'ai rêvé à cette petite Hélène, qui vient d'épouser Montri-faut. »

Deux années plus tard, enfin, je revins en France.

Ma mère aurait pu me garder si elle m'avait laissé vivre à ma guise ; passer mes journées dans les bois et mes soirées près d'elle. Mais elle, naturellement, désirait me marier. Dans nos pays les unions se forment pendant de grands, de solennels repas où on convie toutes les jeunes filles en âge d'être épousées. Les hommes se présentent là ayant dans l'esprit les chiffres des dots et celui des espérances, comme on vient dans une vente aux enchères connaissant le prix auquel chaque objet est mis en vente, mais, dans les deux cas, on ignore jusqu'où il montera.

Dîners de ma province ! Soupe épaisse dans laquelle tient la cuiller, le brochet fourni par l'étang du domaine, énorme, onctueux mais tellement farci d'arêtes qu'on croit avoir dans la bouche un fagot plein d'épines. Aussi, personne ne dit mot. Tous ces gros cous penchés en avant et qui mâchent lentement, comme ceux des bœufs dans l'étable. Et après le brochet, vient la première viande, une oie rôtie de préférence, puis la deuxième viande, en sauce celle-là, et son odeur d'herbe et de vin. Et pour finir, après les fromages que les convives mangent à la pointe de leur couteau, la tourtière aux pommes ou aux cerises selon la saison. Après, il n'y a plus qu'à entrer au salon et choisir dans ce cercle de jeunes filles en robes roses (avant la guerre toutes les jeunes filles à marier portaient des robes roses, du rose fade de la dragée au rose cru du jambon en tranches), parmi toutes ces jeunes filles, avec leur petit médaillon d'or sur le cou, leurs cheveux noués en chignon sur la nuque, leurs gants de filoselle et leurs mains rouges, la compagne de sa vie. Parmi elles se trouvait Cécile Coudray qui avait alors trente-deux ou trente-trois ans, mais dans l'espoir de lui trouver un mari on la sortait encore, et on la harnachait dans cette livrée rose de la virginité, pauvre fille déteinte et sèche, les lèvres pincées, assise non loin de sa jeune demi-sœur, mariée celle-là, et heureuse.

Hélène, le premier soir où je la vis, portait une robe de velours rouge, ce qui était considéré comme hardi à cette époque, et dans ce monde : c'était une jeune femme aux cheveux noirs… Voici, je voudrais la décrire. Je ne peux pas. Sans doute, dès le début, je l'ai regardée de trop près comme tout ce que l'on convoite ; connaissez-vous la forme et la couleur du fruit que vous portez à vos dents ? Les femmes que l'on a aimées, comme je l'ai aimée, il semble que dès le premier jour on les ait vues à la distance d'un baiser. Des yeux noirs, une peau de blonde, une robe de velours rouge, un air ardent, joyeux et troublé en même temps, cette expression particulière à la jeunesse, de défi, d'inquiétude et d'élan… Je me rappelle… Le mari devait avoir l'âge du père Declos à la veille de sa mort, mais ce n'était pas un paysan : mon cousin avait été notaire à Dijon ; il était riche ; il avait cédé sa charge quelques mois avant son mariage et acheté cette maison dont Hélène a hérité et où elle vit à présent avec son second mari et ses enfants. C'était un grand vieillard blanc, fragile, transparent ; ma mère me dit qu'il avait été d'une remarquable beauté autrefois et connu pour ses succès féminins. Il permettait à peine à sa jeune femme de le quitter ; lorsqu'elle s'éloignait, « Hélène », disait-il, d'une voix légère comme un souffle, et elle, alors… Oh, ce mouvement d'impatience, ce geste de ses épaules encore maigres qui tressaillaient brusquement, comme un jeune cheval tressaille lorsqu'on touche sa robe du bout du fouet... Je crois que s'il l'appelait ainsi, c'était justement pour le plaisir de voir ce geste de colère et pour la volupté de sentir qu'elle lui obéissait. Je la vis et je me rappelai mon rêve.

J'étais jeune alors. Je me demande si le visage de l'homme que j'ai été demeure encore au fond de quelque mémoire ? Hélène, certes, l'a oublié. Mais peut-être une de ces jeunes filles en rose devenue une vieille dame et qui ne m'a pas revu, se souvient-elle de ce garçon maigre, brûlé par le soleil, avec sa petite moustache noire, découvrant ses dents aiguës. J'ai parlé une fois à Colette de ma moustache en crocs, pour la faire rire. Non, je n'étais pas ce jeune homme 1910 comme on se l'imagine, la raie au milieu, les cheveux pommadés comme une tête de cire chez le coiffeur. J'étais plus agile, plus fort, plus gai, plus aventureux que ne le sont les jeunes gens d'aujourd'hui. Marc Ohnet ressemble un peu à ce que j'ai été. Comme lui l'excès de vertu ne m'étouffait pas. J'aurais été capable de jeter à l'eau un mari jaloux, comme de boire, de courtiser la femme du prochain, de me battre, de supporter les pires fatigues et les plus durs climats. J'étais jeune.

Ainsi, notre première rencontre : un salon de province ; un grand piano entrouvert montrant ses dents. Une jeune fille en rose saumon — Cécile Coudray — chantant « Aujourd'hui plus qu'hier et bien moins que demain », la famille de province somnolente, digérant avec peine l'oie rôtie et le civet de lièvre, et une femme en robe rouge tout près de moi, si près que je n'ai qu'à étendre la main pour la toucher, comme dans mon rêve, si près que je sens la fine et fraîche odeur de sa peau, si près et si loin pourtant...

En rentrant chez moi ce soir-là, j'avais la ferme intention de revoir Hélène et un plan de séduction arrêté dans ma tête : elle avait vingt ans, un vieux mari, de la beauté ; il me paraissait impossible qu'elle me résistât longtemps. J'imaginai les rencontres innocentes d'abord, puis les rendez-vous plus secrets, plus coupables, puis une liaison dénouée au bout de quelques mois, au moment de mon départ. Il est singulier de songer, après tant d'années écoulées, que la forme de nos relations serait bien celle-là : je la pétrissais grossièrement avec mes désirs et mes rêves. Ce que je ne pouvais prévoir, c'est la flamme qui serait enfermée là, ni que la cendre demeurée chaude après tant d'années me brûlerait encore le cœur. Quelle chose étrange qu'un événement qui obéit à nos souhaits ! Quand j'étais enfant, à la plage, je me rappelle un jeu que j'aimais et qui préfigurait toute mon existence : je creusais dans le sable une rigole à marée haute, et la mer s'engouffrait tout à coup dans le chemin que je lui avais tracé, avec une violence telle qu'elle détruisait sur son passage mes châteaux de galets, mes digues de limon ; elle arrachait tout, dévastait tout, disparaissait, me laissant le cœur gros et sans oser me plaindre, car elle n'avait fait qu'accourir à mon appel. De même l'amour. Vous lui faites signe, vous tracez sa route. Le flot déferle, si différent de ce que vous aviez cru, si amer et glacé, jusqu'à votre cœur.

J'essayai de rencontrer Hélène chez son mari. Je cherchai un prétexte, je me rappelai enfin que dans son jardin poussaient des roses superbes, cramoisies, vigoureuses, ces roses aux très longues tiges, aux épines coupantes et dures comme l'acier, qui ont peu de parfum mais une apparence robuste et peuple, quelque chose de charnu et d'éclatant comme la joue d'une belle villageoise.

J'inventai quelque histoire. Je voulais faire une surprise à ma mère, commander pour elle, à la ville, des plants de rosiers semblables à ceux-ci. Je me permis d'entrer chez Hélène pour lui demander le nom exact de ces fleurs.

Elle me reçut. Elle était tête nue, sous l'éclatant soleil, son sécateur à la main. Combien de fois je l'ai vue ainsi. Encore maintenant elle a une beauté de plein vent comme celle du pêcher, ce grain délicat de la peau qui connaît à peine le fard et que l'air et le soleil ont dorée.

Elle me dit que son mari était malade. Il commençait alors cette longue maladie dont il devait souffrir deux ans encore avant de la laisser veuve ; il avait la coquetterie de fermer la porte à sa jeune femme lorsque les accès le saisissaient : c'était l'asthme des vieillards, de douloureuses suffocations. Plus tard, lorsqu'il ne put plus quitter son lit, il exigeait sa présence constante. Mais à l'époque dont je parle, elle était encore libre en tout cas de me recevoir, de me dire le nom de ses roses, dans un grand salon aux volets mi-clos, où sur un bouquet bourdonnait une abeille. Je me souviens que la maison avait déjà sa douce odeur de cire fraîche, de lavande, de confiture cuisant dans les grandes bassines.

Je demandai la permission de la revoir. Je la revis, une fois, deux fois, dix fois. Je la guettai à l'entrée du bourg, le dimanche à la sortie de l'église, au bord de l'eau, dans la forêt, et dans ce Moulin-Neuf où Colette, depuis... Elle l'a oublié, le Moulin-Neuf n'avait pas été rebâti encore. Vieux et morose, malgré son nom, entouré du grondement de la rivière, ses vieux murs nous ont aperçus souvent lorsque nous allions rendre visite à la meunière, à la sortie de Coudray. Ces quelques jours, après l'entrevue avec Hélène, sa belle-mère mourut. Avare à l'excès, elle n'avait pas voulu se séparer d'un cheval qu'on lui avait cédé à bon prix, et qui était trop jeune pour être attelé ; il renversa dans le fossé le break qu'elle conduisait elle-même au sortir de l'église. Cécile eut la figure affreusement blessée ; elle-même se fractura le crâne et mourut sur la route. Cécile héritait de la petite propriété de Coudray et d'une mince rente ; elle avait toujours été sauvage et timide. Cette blessure qui la défigurait acheva de lui ôter en elle-même toute confiance ; elle ne voulait voir personne ; elle croyait toujours qu'on se moquait d'elle. Elle devint en quelques mois la bizarre créature que j'ai connue à la fin de sa vie, maigre, claudicante, l'air inquiet, tournant sans cesse son cou de droite à gauche avec les mouvements saccadés d'un vieil oiseau. Hélène lui rendait souvent visite à Coudray et, le sachant, j'allai presque tous les jours chez cette bonne Cécile, sous un prétexte ou sous un autre ;

puis, je raccompagnais Hélène jusqu'à l'entrée de la forêt.

Cécile me dit un jour, comme je regardais la pendule et cherchais à prolonger ma visite :

— Hélène ne viendra plus aujourd'hui.

Je protestai que ce n'était pas pour Hélène. Mais... Elle se leva ; elle traversa la pièce ; elle passa machinalement son doigt sur le dossier sculpté d'un fauteuil et regarda s'il restait une trace de poussière (chez elle, sa mère l'avait rompue à tous les soins du ménage, et ils ne la laissaient jamais en repos : elle errait toujours d'un air anxieux dans la pièce, arrangeant un rideau, soufflant sur un miroir terni, redressant une fleur, tournant la tête de côté et d'autre avec inquiétude comme si elle s'attendait à voir sa mère tapie dans l'ombre, et l'épiant). Elle me dit d'une voix émue :

— Monsieur Sylvestre, jamais personne n'est venu chez moi pour moi... Jusqu'à l'âge de dix-sept ans, je n'y ai pas pensé. Puis on a invité des jeunes gens. Les uns venaient pour la bonne, les autres pour la fille de la jardinière qui était blonde et jolie, puis, quand Hélène est devenue grande, c'était pour elle. Ça continue. Je n'en suis pas étonnée. Mais je ne voudrais pas qu'on se moque de moi. Dites-moi donc simplement que vous désirez voir Hélène et je vous indiquerai moi-même les jours et les heures où je l'attends.

Elle parlait avec une sorte de passion contenue qui faisait mal.

— Vous l'aimez, votre sœur ? demandai-je.

— Ce n'est pas ma sœur. C'est une étrangère pour moi, mais je l'ai connue tout enfant, et je l'aime, oui, je l'aime. Elle n'est pas plus heureuse que moi d'ailleurs, dit-elle avec une sorte de sombre satisfaction. Chacun a ses misères.

— Ne croyez pas surtout qu'elle soit au courant… Je serais au désespoir si vous imaginiez je ne sais quelle complicité…

Elle secoua la tête :

— Hélène est une femme fidèle, dit-elle.

— Vraiment ? Son mari est si âgé qu'il ne peut raisonnablement espérer une fidélité qui, en l'occurrence, serait presque monstrueuse, dis-je avec chaleur. Elle a vingt ans, et lui plus de soixante. Une pareille union ne peut s'expliquer que par le désespoir.

— C'est bien ainsi que cela s'explique, en effet. Vous comprenez, Hélène étant la fille d'un premier lit, ma mère…

— Je sais, mais, dans ces conditions, croyez-vous que l'on puisse parler de fidélité ?

La vieille fille me lança un rapide regard :

186

— Je n'ai pas dit que c'est à son mari qu'elle demeurerait fidèle.

— Bah ! Mais à qui donc ?

— Vous le lui demanderez.

De nouveau, elle reprit sa marche incertaine à travers la salle de Coudray ; elle se cognait aux meubles comme un oiseau de nuit enfermé dans une chambre. Maintenant que j'y songe, et en revoyant l'expression qu'elle avait alors, le récit de Brigitte s'éclaire d'une lumière sulfureuse, sinistre, comme si l'âme même de cette vieille fille m'apparaissait. Elle n'a jamais su pardonner à Hélène d'avoir été aimée plus qu'elle. Elle me rappelle un mot atroce dit par une de mes parentes qui avait pris sous sa protection une pauvre femme de la campagne ; elle lui portait des provisions, des sabots, des friandises, des jouets pour ses gosses, lorsque cette femme, un jour, lui confia qu'elle était à la veille de se remarier — elle avait perdu son mari à la guerre — avec un brave et beau garçon aussi pauvre qu'elle. Sa bienfaitrice cessa aussitôt ses visites. Comme la femme, l'ayant rencontrée quelque temps après, lui en faisait doucement le reproche (« Mademoiselle m'oublie »), ma parente répondit sèchement :

— Ma pauvre Jeanne, je ne savais pas que vous étiez heureuse.

Cécile Coudray, qui a sauvé l'honneur d'Hélène et peut-être sa vie, quand elle la croyait aux abois, n'a jamais pu lui pardonner son bonheur. C'est humain.

Avec angoisse, je la suppliai :

— Que voulez-vous dire ?

Mais elle — la vieille chouette — s'était contentée d'agiter ses ailes sombres devant moi. Elle portait encore le deuil de sa mère ; ses voiles de crêpe voltigeaient autour d'elle. Je quittai Coudray, plus violemment amoureux que je n'avais pu l'être jusque-là. Et l'espèce de réserve qui me retenait encore devant Hélène céda ; je lui fis la cour… Oh ! comme on la faisait alors, avec beaucoup de douceur, de pudeur. Rien des déclarations brutales des jeunes gens d'aujourd'hui. Je suppose que Marc Ohnet en aurait ri. Mais quoi, au fond, c'était toujours la même chose, le même désir… le même torrent grondant et dévorant d'amour. Elle m'écouta avec une gravité triste et profonde ; elle me dit :

— Cécile ne vous a pas menti. J'aime quelqu'un.

Elle me raconta alors sa rencontre avec François, comment il l'avait aimée presque enfant, son départ, sa propre vie malheureuse dans sa famille et, pour finir, ce mariage avec un vieillard, enfin, le retour de François. Ils n'avaient pas voulu tromper le vieil époux ! Ils s'étaient séparés.

— Et maintenant vous attendez que votre mari meure ? dis-je.

Elle pâlit un peu, puis secoua la tête.

— Il a quarante ans de plus que moi, remarqua-t-elle doucement. Ce serait ridicule de prétendre que je l'aime. Mais je ne souhaite pas sa mort. Je le soigne de mon mieux. Je suis pour lui…

Elle hésita :

— Une amie, une fille, une garde-malade, tout ce que vous voulez. Pas une femme. Pas sa femme. Mais je veux lui être fidèle malgré tout, non seulement de corps, mais d'âme. C'est pourquoi François et moi nous nous sommes séparés. Il a accepté un poste à l'étranger. Nous ne nous écrivons même pas. Je fais ici tout mon devoir. Si mon mari meurt, François attendra quelques mois avant de revenir. Tout se fera sans heurt. Nous ne voulons causer aucun scandale. Il reviendra, et nous nous marierons. Si mon mari doit vivre encore de longues années, tant pis pour moi. Ma jeunesse passera, et toutes mes chances de bonheur, mais je n'aurai pas sur la conscience une action basse. Quant à vous…

— Quant à moi, dis-je, ce que j'ai de mieux à faire, c'est de partir au plus vite.

Elle me répéta tout ce que les femmes ont coutume de dire en pareil cas : qu'il ne fallait pas lui en vouloir, qu'elle n'avait pas été coquette, mais que se sentant seule, toutes les amitiés lui étaient précieuses, que je serais son ami… Moi, je ne voyais qu'une chose, c'est qu'elle aimait un autre homme, et je souffrais. Ainsi finit l'idylle.

C'était en 1912. Je retournai en Afrique pour deux ans. Je revins en France quelques mois avant la guerre. Ma mère était morte. Mon cousin Montrifaut vivait toujours. Je lui rendis visite ; il était très malade et, tous l'espéraient, près de sa fin : on ne le soutenait qu'à force de piqûres ; il était d'une exigence insupportable, avec des éclats de colère presque folle.

— Il est malheureux et il tourmente les autres, disait-on.

Tous s'accordaient pour louer la conduite d'Hélène :

— Mais elle n'en a plus pour longtemps à souffrir, maintenant, murmuraient les dames de province, et elles soupiraient avec pitié et envie à la fois, songeant à l'héritage.

J'appris cependant ce que le pays ignorait : le vieux M. Montrifaut ne laissait à sa jeune femme qu'une petite portion de sa fortune ; le reste allait à la famille de son frère. Hélène connaissait ces dispositions, mais elle était (elle est encore) une de ces femmes dont le désintéressement est absolu et fait en quelque sorte corps avec elle. Hélène ne serait pas ce qu'elle est si elle pouvait agir par intérêt personnel, ce même trait de caractère se retrouve en François. Ainsi Hélène savait que son dévouement n'aurait aucune récompense, et c'était justement cela qui exigeait d'elle que ce dévouement fût poussé à l'extrême. Elle avait un grand besoin de s'estimer à ses propres yeux.

— Enfin, me dit-elle, il a été bon pour moi malgré tout.

Le malade souffrait de crises épuisantes d'asthme, mais quand je le vis, il se plaignit surtout d'insomnies cruelles. Il était assis sur son lit (cette chambre a été depuis transformée en salon). Il portait à l'ancienne mode un foulard noué sur sa tête ; il était effrayant et étrange, avec son grand nez pincé dont l'ombre se profilait sur le mur. Une petite lampe était allumée à son chevet. Sa voix n'était qu'un souffle.

Il me dit que, depuis deux mois, il ne connaissait pas le sommeil. Pour le réconforter, je lui assurai qu'à son âge on n'avait pas besoin de dormir longtemps pour bien se porter, que ma mère aurait vécu plus vieille si elle n'avait pas été sujette à des somnolences fréquentes au cours desquelles le sang envahissait lentement son cerveau, ce qui l'avait tuée pour finir.

— Oui, oui, dit-il, mais songez donc… Deux mois sans sommeil… cela est affreux car cela double ma vie.

Je m'écriai :

— Et vous vous plaignez ! Mais, à moi, dix vies ne suffiraient pas !

Et c'était vrai. Je me sentais si fort, en ce temps-là, le corps bâti pour aller jusqu'à cent ans.

Je regardai Hélène en parlant ainsi.

Hélène soupira, ce soupir involontaire voulait dire bien des choses. Elle était pâle et maigre. Elle avait enlaidi en ces deux années ; on voyait qu'elle manquait d'exercice et d'air ; elle était confinée sans cesse dans cette chambre de malade. Quand elle m'avait vu, elle avait été calme et souriante à son ordinaire, mais en me serrant la main, en m'adressant des banales paroles de bienvenue, sa voix l'avait trahie : il y avait eu une brisure tout à coup, un trou dans ces mots aimables et

vagues qu'elle prononçait ; c'était une altéra-
tion subite et profonde du timbre de sa voix,
comme si le sang avait afflué avec brusquerie à
son cœur, et moi, lui répondant, j'avais entendu dans ma propre voix la même fêlure.
Nous nous regardions debout auprès du
malade, moi avec un triomphe mal déguisé,
elle avec une sorte de consternation. Et ce
soupir !... Il signifiait qu'elle me comprenait,
qu'elle m'enviait ma liberté, qu'elle aussi, en
d'autres circonstances, aurait pu souhaiter dix
vies pour les épuiser toutes, mais elle voyait
ces jours, ces années fuies, perdues pour
l'amour.

Quand elle m'accompagna jusqu'à la porte,
je demandai si elle avait des nouvelles de
François. Elle jeta un regard inquiet vers le lit
du mourant.

— Il ne m'écrit jamais, dit-elle.

— Ses conventions tiennent toujours ?

— Toujours. François ne change pas.

Je me demande maintenant jusqu'à quel
point elle avait raison. François, dans la petite
ville de Bohême, que faisait-il en ce beau printemps brûlant ? N'y avait-il pas à l'arrière-plan
de sa vie quelque jolie paysanne, quelque
fraîche servante ? Après tout, tous les trois
nous étions jeunes. Il ne s'agit pas seulement

des exigences de la chair. Non, ce n'est pas si simple. La chair, elle, se satisfait à bon compte. Mais c'est le cœur qui est insatiable, le cœur qui a besoin d'aimer, de désespérer, de brûler de n'importe quel feu… C'était cela que nous voulions. Brûler, nous consumer, dévorer nos jours comme le feu dévore les forêts.

C'était le soir, au printemps de 1914, qui fut le plus beau des printemps. La porte derrière nous demeurait ouverte, et nous voyions sur le mur l'ombre d'un grand nez sec. Nous étions debout dans ce corridor blanc où tant de fois depuis Hélène, ses enfants accrochés à sa robe, est venue au-devant de moi. Sa voix cordiale et sans trouble me disait :

— C'est vous, mon bon Silvio, entrez. Il reste un œuf et une côtelette. Voulez-vous déjeuner ?

Mon bon Silvio… Elle ne m'appelait pas ainsi, ce soir-là, mais elle disait seulement :

— Silvio (le mot lui-même était une caresse), vous resterez longtemps au pays ?

Je ne répondis pas, mais je demandai, montrant l'ombre du malade :

— C'est très dur ?

Elle tressaillit :

— Assez dur, oui, mais je ne veux pas être plainte.

J'insistai cruellement :

— Mais il va mourir bientôt, François reviendra.

— Il reviendra, dit-elle, oui. Mais il aurait mieux fait de ne pas partir.

— Vous l'aimez toujours ?

Elle et moi, nous parlions machinalement. Nos lèvres remuaient, mais nos lèvres mentaient. Nos yeux seuls s'interrogeaient, et se reconnaissaient. Mais quand je la pris dans mes bras, alors nos lèvres furent sincères enfin.

Jamais je n'oublierai cet instant. C'est alors que j'ai vu sur le mur blanchi à la craie l'ombre de nos têtes confondues. Partout des lampes, des sourdes veilleuses. Partout dans cette grande galerie nue dansaient, vacillaient, s'éloignaient des ombres.

— Hélène, appela le malade, Hélène.

Nous ne bougions pas. Elle semblait me boire, aspirer mon cœur. Moi, quand je la laissai aller, déjà, je l'aimais moins.

DU MÊME AUTEUR

Aux Éditions Denoël

SUITE FRANÇAISE, 2004 (Folio n° 4346), prix Renaudot.
LE MAÎTRE DES ÂMES, 2005 (Folio n° 4477).
CHALEUR DU SANG, 2007 (Folio n° 4721).
LES VIERGES ET AUTRES NOUVELLES, 2009.

Aux Éditions Gallimard

FILMS PARLÉS, 1934.
UN ENFANT PRODIGE, 1992 (Folio Junior n° 1362).
IDA (Folio 2 € n° 4556).

Chez d'autres éditeurs

LES CHIENS ET LES LOUPS, *Albin Michel*, 1990.
LE VIN DE SOLITUDE, *Albin Michel*, 1990.
LE BAL, *Grasset*, 2002.
DIMANCHE ET AUTRES NOUVELLES, *Stock*, 2004.
LA PROIE, *Albin Michel*, 2005.
LA VIE DE TCHEKHOV, *Albin Michel*, 2005.
LES FEUX DE L'AUTOMNE, *Albin Michel*, 2005.
JÉZABEL, *Albin Michel*, 2005.
DAVID GOLDER, *Grasset*, 2005.
LES MOUCHES D'AUTOMNE, *Grasset*, 2005.
L'AFFAIRE COURILOF, *Grasset*, 2005.
LES BIENS DE CE MONDE, *Albin Michel*, 2005.
LE PION SUR L'ÉCHIQUIER, *Albin Michel*, 2005.

COLLECTION FOLIO

Composition Floch
Impression Novoprint
à Barcelone, le 18 janvier 2010
Dépôt légal : janvier 2010
1ᵉʳ dépôt légal dans la collection : mars 2008

ISBN 978-2-07-034781-0./Imprimé en Espagne.